Roberto Rossellini

ISLÃ

Vamos aprender a conhecer o mundo muçulmano

Com uma filmografia completa
organizada por Renzo Rossellini

Roberto Rossellini

ISLÃ

Vamos aprender a conhecer o mundo muçulmano

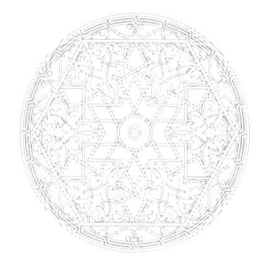

Com uma filmografia completa
dos projetos realizados e não realizados
organizada por Renzo Rossellini

Tradução
Letícia Martins de Andrade

martins Fontes
selo martins

© 2011 Martins Editora Livraria Ltda., São Paulo, para a presente edição.
© 2007 Donzelli Editore
Esta obra foi originalmente publicada em italiano
sob o título *Islam* por Roberto Rossellini.

Publisher	*Evandro Mendonça Martins Fontes*
Coordenação editorial	*Vanessa Faleck*
Produção editorial	*Danielle Benfica*
Preparação	*Maria Dolores Sierra Mata*
Revisão	*Denise Roberti Camargo*
	José Ubiratan Ferraz Bueno
	Paula Passarelli

Dados Internacionais de Catalogação na Publicação (CIP)
(Câmara Brasileira do Livro, SP, Brasil)

Rossellini, Roberto, 1906-1977.
  Islã : vamos aprender a conhecer o mundo muçulmano /
Roberto Rossellini ; tradução Letícia Martins de Andrade.
– São Paulo : Martins Fontes – selo Martins, 2011.

  Título original: Islam. "Com uma filmografia completa dos projetos realizados e não realizados organizada por Renzo Rossellini"
  ISBN 978-85-8063-041-1

  1. Países islâmicos - Civilização 2. Rossellini, Roberto,
1966-1977 – Crítica e interpretação I. Título.

11-13624   CDD-909.0917671

Índices para catálogo sistemático:
  1. Países islâmicos : Civilização   909.0917671

Nota da editora: A tradução procurou manter o texto o mais fiel possível ao manuscrito de Roberto Rossellini; portanto, trechos cuja ideia ficou incompleta ou inconclusiva foram mantidos conforme o original.

Todos os direitos desta edição reservados à
Martins Editora Livraria Ltda.
Av. Dr. Arnaldo, 2076
01255-000 São Paulo SP Brasil
Tel.: (11) 3116 0000
info@martinseditora.com.br
www.martinsmartinsfontes.com.br

Índice

Rossellini e o Islã 7
por Renzo Rossellini

Islã 9
por Roberto Rossellini

Apontamentos 11
Aprender a conhecer o mundo muçulmano

Projeto geral 15
    I.   O nascimento da civilização humana 15
    II.   A Idade do Ferro e o Império Persa 41
    III. A guinada da Idade Média 55

Filmografia completa de Roberto Rossellini 67
organizada por Renzo Rossellini
    A coragem de Roberto Rossellini 69
    Fichas 71
    Índice das fichas 139

Rossellini e o Islã

por Renzo Rossellini

Meu pai, Roberto Rossellini, escrevia regularmente páginas e páginas à mão em blocos de papel amarelo que fotocopiava e queria que eu lesse a fim de lhe dar minha opinião e fazer críticas. Por obediência filial e curiosidade, eu passava os olhos em seus escritos, fazia comentários e emitia pareceres. Em 1975 ou 1976, papai elaborou o projeto de um filme para a televisão sobre a história do Islã. Assim que escreveu as primeiras páginas, convocou-me para que eu as lesse.

Ao contrário do que aconteceu nas vezes anteriores, ele não me entregou uma fotocópia do manuscrito, mas me pediu que o lesse ali, diante dele, e que comentasse logo: estava muitíssimo ansioso, um tanto preocupado.

A introdução começava com a frase: "Agora que o mundo está ainda mais dilacerado por novos conflitos e por hostilidades inusitadas, torna-se urgente fazer alguma coisa útil", e depois continuava com frases como: "Criou-se uma nova ruptura, profunda demais, entre o mundo ocidental, orgulhoso de seu suposto pragmatismo, e o mundo muçulmano, que, finalmente desperto, tem a coragem de se manifestar" e "A situação objetiva do nosso planeta exige, atualmente, que se estabeleça um paciente trabalho de conserto da espécie humana".

No calor da discussão, aconteceu de eu comentar: "Como assim? Os países islâmicos são riquíssimos, têm petróleo e podem deixar de joelhos a economia do planeta!". O papai, em um rompante, me respondeu: "Mas o problema é justamente esse: para nos apoderarmos daquelas riquezas, vamos criar pretextos, vamos reempregar as armas do racismo, como foi feito contra os judeus, vamos fazer guerras, e, o que é pior, nós podemos acabar criando uma nova Shoah, e desta vez as vítimas serão o Islã e os muçulmanos".

Há trinta anos, essas palavras me pareceram exageradas, hoje me parecem uma lúcida profecia. Se a sua *História do Islã* tivesse sido realizada, talvez as coisas nem tivessem acontecido de outra forma, mas o certo é que o seu projeto tinha sido inspirado por preocupações que depois se revelaram muito fundamentadas. Roberto Rossellini também era isto: um polemólogo, um estudioso do fenômeno da guerra. Ao me lembrar desse episódio, fui procurar o manuscrito da *História do Islã*, duvidando da minha memória. Obviamente, do diálogo entre mim e meu pai não restou vestígio, mas as frases às quais me referi foram escritas por ele há mais de trinta anos.

Roma, abril de 2007.
R. R.

ISLÃ

Apontamentos
Aprender a conhecer o mundo muçulmano

Agora que o mundo está ainda mais dilacerado por novos conflitos e hostilidades inusitadas, torna-se urgente fazer alguma coisa útil.

Criou-se uma nova ruptura, profunda demais, entre o mundo ocidental, orgulhoso de seu suposto pragmatismo, e o mundo muçulmano, que, finalmente desperto, tem a coragem de se manifestar.

Seria apenas uma divergência de interesses?

Não, o problema é maior, muito maior...

Eu acredito que a tradicional, profunda capacidade de meditar, teorizar, filosofar do mundo muçulmano pode curar a presunçosa praticidade empírica do mundo ocidental e muitas das trágicas consequências que derivam do seu modo de agir.

A situação objetiva do nosso planeta (aumento vertiginoso da população mundial, drama ecológico, acúmulo de armas de extermínio em massa – capacidade potencial para o genocídio –, crises do sistema econômico-social) exige, atualmente, que se estabeleça um paciente trabalho de conserto da espécie humana.

Se nós, homens da terra, formos capazes disso, teremos então de nos preparar para um futuro mais risonho, não mais dominado pela misantropia, mas pela filantropia.

Dou-me conta de que o que digo pode levantar desconfiança. De fato, agora que o mundo ocidental (ao qual eu geograficamente pertenço) está em crise e faz propostas de colaboração, faz também ameaças. Eu procuro ver de outro modo e agir diversamente:

talvez eu seja um utópico. Mas a minha vida, as minhas ações e tudo que fiz, acho, podem mostrar aquilo em que acredito. Estou convicto de que pode haver salvação se nós, homens, encontrarmos um jeito de viver de forma mais conscienciosa. Para chegar a isso, é preciso que cada um de nós saiba mais, sempre mais. Desenvolvendo o pensamento, poderemos abater e dominar o que nos sugere o nosso lado instintivo. Instinto é impulso, tendência não racional; pensamento é ponderação, percepção, consideração.

Para pensar, é preciso saber.

No entanto, nós, no Ocidente, por culpa da estrutura da nossa educação, mas também por presunção e por chauvinismo, não conhecemos realmente o mundo muçulmano. Não sabemos o quanto ele colaborou para a nossa própria cultura; não sabemos o quanto foi fundamental, também, para o desenvolvimento da ciência e da técnica de que tanto nos orgulhamos.

Qualquer coisa pode acontecer. Mas, para nos odiarmos bem, ou para nos destruirmos bem, ou para nos suportarmos bem, ou para colaborarmos bem, devemos, de toda forma, nos conhecermos bem.

A história do mundo muçulmano tem um aspecto inusitado, pelo menos por sua variedade e extensão: ele conseguiu fundir focos culturais muito díspares. Esse fenômeno se reflete em sua composição: árabes, persas, sírios, gregos, indianos, indonésios etc. Da concordância, da fusão, do entrosamento, da complementaridade, da harmonia de diferentes grupos étnicos e de suas culturas surgiu o imenso desenvolvimento de sua filosofia (bem como o de sua poesia). A perspicácia, a harmonia, a coerência lógica do seu pensamento (fruto da acumulação de muitos modos de pensar) produziram a extraordinária evolução da matemática, a álgebra, a trigonometria, que deram racionalidade aos fenômenos da natureza e do universo.

Percorrendo justamente os caminhos da razão e da coerência, o mundo muçulmano deu sua contribuição em todos os campos do saber: da agricultura à medicina, da invenção dos moinhos de vento à do papel, da mecânica às ciências naturais e assim por diante...

Sem os seus numerais (os arábicos), hoje todos nós não compreenderíamos coisa alguma. De fato, não há ciência sem método.

Entretanto, tem mais. Nós ainda não sabemos nos reconhecer como homens, mas para nos preparar para a compreensão de nós mesmos era indispensável um primeiro passo, o mais difícil de realizar, aquele que coloca o nosso planeta, a Terra, em seu lugar no universo. Tudo isso veio do mundo muçulmano.

É preciso que o mundo saiba que a medicina, a astrologia, a farmacologia, a óptica e a mecânica se desenvolveram em Jundishapur e Bagdá, que foram os grandes centros de convergência e, também, o lugar de refúgio de todas as ciências do mundo. Em que ponto estariam a filosofia e a história (como todas as ciências) sem o Cairo, Isfahan, Argel, Alexandria, Córdoba, Granada?

Em que ponto estaria a espécie humana sem Al-Khwarazmi, Al-Biruni, Ibn al Vardi, Ibn Battuta, Ibn Yunus, Al-Mansur, Al--Mamcun, Oma Kayyam, Ibn Khaldun, Avicena, Averróes?

Mas será bom lembrar ao orgulhoso mundo ocidental, substancialmente racista, que o berço da civilização e do progresso humano foi a África e a Ásia.

Sem a civilização egípcia e as civilizações mesopotâmica, fenícia e indiana, onde estaríamos nós, homens de hoje?

É inútil que eu me estenda mais.

Concluindo: eu gostaria de fazer uma série de programas a respeito do mundo muçulmano de acordo com os métodos que estou aplicando há dez anos. A série filmada que estou propondo, assim como as outras que realizei, deve ser destinada não apenas à televisão, mas também à universidade e às escolas. Para fazer a história do pensamento do Islã, seguirei o método didático-informativo que já usei para *Socrate* [*Sócrates*], *Pascal* [*Blaise Pascal*], *La lotta dell'uomo per la sua sopravvivenza* [A luta do homem pela sobrevivência], *L'Età del ferro* [A Idade do Ferro], *L'Età di Cosimo de' Medici* [A era dos Médicis], *La presa del potere da parte di Luigi XIV*[1] [A tomada de poder por Luís XIV], *Cartesio* [*Descartes*] etc.

Essas são as minhas intenções.

Eu conheço muito bem o assunto.

Mas é impensável colocar de pé um empreendimento desse tipo sem a colaboração de países muçulmanos, sem a sua contribuição material e ideal-cultural.

Roberto Rossellini

---

[1] No Brasil, O Absolutismo – A ascensão de Luís XIV. (N. T.)

Projeto geral

O nascimento da civilização humana

Depois da diferenciação da espécie humana das outras espécies de animais e da formação das primeiras organizações sob formas de comunidades primitivas nas grandes e férteis planícies do Nilo, do Tigre, do Eufrates e do Indo, surgem por geração espontânea e em um longo curso de séculos as primeiríssimas civilizações agrícolas do Egito e da Mesopotâmia (eventual referência à Índia pré--ariana e à China proto-histórica).

Os povos agricultores, estabelecidos há muito tempo nessas regiões, dão vida aos primeiros vastos organismos sociais, às primeiras formas de escrita, de cálculo, de tecnologia, às primeiras manifestações artísticas e filosófico-religiosas.

Essas primeiras civilizações do Oriente são as que ensinarão às populações europeias, ainda atravessando a idade neolítica, a agricultura e a pecuária sedentária, a manufatura dos metais, o emprego das notações e da comunicação escrita. Por volta do quarto milênio antes de Cristo, nascem de fato, nas regiões do Egito e do Oriente Médio, os primeiros reinos e os primeiros impérios de que se tem memória histórica e que, em suas vicissitudes, irão progredir e se desenvolver até a época clássica greco-romana.

Trata-se de uma sucessão de acontecimentos de importância fundamental para o futuro da humanidade, uma vez que, seguindo as primeiras conquistas do homem na luta contra a natureza, eles dão início às primeiras formas de organização social, criam as origens da cultura e da civilização e contêm as orientações de seu progressivo desenvolvimento.

A guinada da Idade Média

Essas primeiras formas de organização social da humanidade alcançam sua máxima expressão universal no Império Romano, cuja unidade política, linguística e religiosa parece perpetuar-se, após a sua queda, em formas ideais então tornadas rígidas e estáticas.

Coube a um povo do Oriente Médio, os árabes, e a uma diferente tendência unitária, o Islã, incutir uma nova e formidável guinada propulsora à história da humanidade, irrompendo no cenário e vivificando com seu impulso e sua contribuição original o que de melhor a cultura e a civilização antiga e clássica haviam produzido até então. No âmbito dessa sublevação também confluíram, mantendo sua individualidade precisa, as contribuições de outros povos médio-orientais e orientais – entre as quais a cultura egípcia, a cultura persa e a indiana – em um segundo conúbio que, pela vastidão e pelo ecletismo dos interesses, parece preludiar o Humanismo e até o Renascimento.

Pela segunda vez, o Oriente Médio, do Egito ao Irã (e até toda a África setentrional e a Índia), marca uma etapa histórica fundamental no desenvolvimento da humanidade e fornece uma nova e poderosa contribuição para sua evolução e progresso.

O presente

O terceiro momento dessa perene consolidação parece se apresentar justamente hoje (não por acaso sobre a base da imensa potência econômica da região), em uma época de confronto entre as duas supremas estruturas econômico-sociais do socialismo e do capitalismo tardio que, até ontem, dominavam quase sozinhas o cenário mundial. Enquanto isso, surgem ou ressurgem na história outros povos e outras civilizações de origem remota ou recente em um novo alento de humana e universal unidade.

I
O nascimento da civilização humana

Características gerais do período

A fascinante aventura da humanidade, uma aventura longuíssima ou, pode-se dizer, recém-iniciada, às vezes esplêndida e gloriosa, às vezes sórdida e terrível, mas sempre entusiasmante, uma aventura que parece seguir um enigmático desenho da natureza do qual jamais conheceremos o limite e o fim, começa com a formação, ocorrida em eras pré-históricas muitíssimo remotas, dos primeiros agrupamentos humanos e das primeiras coletividades organizadas em regime de coletividade primitiva, que permaneceu como instituição social dominante por muitos milênios.

Foi durante esse período que ocorreram as primeiras descobertas fundamentais da cultura e da civilização. O primeiro passo foi certamente marcado justo por essa instituição econômico-social que permitiu ao homem unir seu esforço ao de outros homens a fim de superar as provas mais difíceis na luta pela sobrevivência.

A diferenciação da espécie humana das outras espécies animais aconteceu por meio da progressiva evolução da atividade produtiva, e o primeiro instrumento que o homem pôde usar foi, sem dúvida, representado por suas mãos. As mesmas mãos que começaram a construir os primeiros instrumentos de madeira e de pedra lascada e que dali a poucos milênios teriam criado as prodigiosas máquinas da tecnologia moderna.

Mas o homem isolado teria sido impotente diante das forças naturais, e desde o início os homens se uniram em coletividade para uma exploração comum da atividade produtiva. E foi precisamente por meio do trabalho comum que as relações sociais foram se formando e que se desenvolveram as capacidades intelectuais do homem, enquanto a necessidade de contatos e de comunicação entre os membros da coletividade fazia nascer a linguagem.

Sendo assim, a comunidade primitiva, esse primeiro modelo de colaboração humana, permitiu ao homem não apenas sobreviver e conservar-se como entidade biológica e como espécie, mas também criar as bases para o futuro desenvolvimento da civilização com a possibilidade cada vez maior de compreender e usar as forças naturais.

Dos primeiros instrumentos de madeira e pedra lascada, passou-se ao arco, às flechas, aos objetos de osso e, por fim, ao uso dos metais. Com o desenvolvimento da produção dos utensílios, também se desenvolveram e aperfeiçoaram as moradias e o vestuário.

No trabalho, o homem descobriu progressivamente novas propriedades dos materiais que empregava, novos materiais, novas formas de utilização das forças naturais. De importância primordial foi a descoberta do fogo e da arte de acendê-lo. Enquanto isso, passava-se gradualmente dos métodos de coleta espontânea ao cultivo intencional dos vegetais, ou seja, nascia a agricultura. Do mesmo modo o homem aprendeu, a partir da caça e da defesa contra os animais selvagens, a arte de domesticar e criar gado.

Com o desenvolvimento dessas novas formas de produção, evoluem também as formas dos agrupamentos humanos. A comunidade primitiva diferencia-se em clã e tribo, em famílias e grupos consanguíneos, governados pelos anciãos e, mais tarde, por chefes escolhidos dentro do grupo.

Outros dois momentos dessa evolução são de grande importância para o subsequente progresso da civilização. De um lado, em razão do desenvolvimento das formas mais complexas de agricultura e da maior difusão da pecuária, acontece certa especialização de alguns agrupamentos humanos nessas formas de trabalho que representavam, na época, as formas mais avançadas da vida econômica.

Iniciam-se assim as primeiras trocas de produtos entre os vários agrupamentos e tribos.

Por outro lado, por causa do uso dos metais e do aperfeiçoamento dos utensílios, cresce a produtividade do trabalho e o homem torna-se capaz de produzir bens suplementares, ou seja, não imediatamente necessários para a sua existência e reprodução. Esse foi o pressuposto material que deu origem às trocas posteriores, ao trabalho subordinado (que naquela época assumiu as formas de exploração escravista) e à criação das primeiras estratificações sociais.

Outras importantes conquistas do período são o arado, a roda de oleiro, o início da produção artesanal: tecelagem, cerâmica, arte da fundição. Sobre as embarcações começam a aparecer as velas, e em alguns lugares surgem carros com rodas maciças.

Enquanto isso, as armas de cobre aumentam o poder militar daqueles que as possuíam, e os confrontos de tribos se transformam em verdadeiras guerras. A guerra, por sua vez, torna-se um meio de conquistar territórios e escravos. O trabalho dos escravos aumenta o poder econômico e militar dos vencedores. O desenvolvimento das forças produtivas, o incremento das trocas e as guerras levam às primeiras formas de organização social de tipo estatal, com diferenciações em classes, em corpos burocrático-administrativos, governantes e nobres, militares e religiosos. A necessidade de defender os habitantes leva à construção de muros com enormes blocos de pedra. As vitórias são celebradas nos primeiros cantos populares e nas primeiras poesias épicas. Com toda probabilidade, é nesse período que acontece a formação de muitos dos atuais grupos linguísticos.

As terras aluviais nas planícies dos grandes rios subtropicais, como o Nilo, o Tigre, o Eufrates e o Indo, são extraordinariamente férteis e propícias à agricultura. Mas essa particularidade não podia ser explorada pelo homem enquanto ele possuísse apenas instrumentos de pedra.

Os vales eram pântanos quase intransitáveis, enquanto pouco mais adiante o terreno logo se tornava árido e infértil.

O homem não conseguia lutar contra as cheias frequentes nem contra as contínuas mudanças do leito fluvial que destruíam os frutos do seu trabalho. O aparecimento dos instrumentos de cobre permitiu empreender grandes trabalhos de escavação, de irrigação, construir diques e canais. A criação da agricultura irrigada levou a um desenvolvimento significativo da qualidade e da quantidade dos produtos.

O resultado mais importante pode se resumir no fato de que para o trabalho de um único homem tornou-se possível obter uma produtividade muito superior àquela mínima que servia para a sua alimentação. Isso indicou o primeiro pressuposto para a formação das sociedades divididas em classes, para a exploração de mão de obra escrava e do trabalho subordinado, para a constituição dos primeiros estados de considerável poder econômico, com o seu aparato administrativo, burocrático, fiscal, militar, comercial, e com a diferenciação do trabalho físico daquele intelectual, reservado a um pequeno grupo que se tornou detentor dos conhecimentos científicos e criador das primeiras interpretações cosmogônicas religiosas, mitológicas e filosóficas.

Essas primeiras civilizações agrícolas, que alcançam finalmente um alto nível de produtividade e de estruturação social e são, portanto, dotadas de uma precisa identidade política e civil, surgem por geração espontânea nas grandes e férteis planícies do Nilo, do Tigre e do Eufrates, do Indo. Pouco mais tarde, também no Extremo Oriente, haverá uma primeira civilização agrícola chinesa na bacia inferior do Rio Amarelo. Da mesma época será, por fim, a primeira civilização cretense do período Minoano Antigo.

Mas as primeiras formas de civilização organizada nascem, como já se disse, no Egito e na Mesopotâmia por volta do final do quarto milênio a. C., enquanto o resto do mundo se encontrava ainda em diferentes estágios de passagem do Neolítico e a maior parte da humanidade ainda continuava a viver sob as condições do regime da comunidade primitiva. Pode-se dizer que, com essas civilizações, o homem entra em uma nova fase de seu desenvolvimento histórico-cultural, uma vez que, por meio de formas cada vez mais complexas de produção, de troca e escambo, de organização social e diferenciação no trabalho, de comunicação e notação, chega-se às primeiras manifestações de um verdadeiro comércio, à invenção do dinheiro, à constituição dos primeiros e poderosos organismos econômico-políticos, estatais e militares, burocráticos e eclesiásticos, à criação das atividades artesanais, às primeiras formas de escrita e aos primeiros sinais numéricos. Por isso, tiveram um formidável impulso as diretrizes de desenvolvimento de toda a futura civilização humana, da cultura, da arte, da filosofia e da ciência.

O período que vai do desenvolvimento das civilizações egípcia e mesopotâmica até o máximo esplendor do Império Persa, no primeiro milênio a. C., é, de fato, aquele ao qual podemos fazer remontar o início da literatura, das grandiosas obras de arte que até os nossos dias transmitem seu testemunho, das primeiras obras do pensamento político e filosófico, de toda uma série de conquistas no campo das ciências exatas, como, por exemplo, a aritmética, a matemática, a geometria, a astronomia, e das ciências aplicadas, tais como a engenharia, a arquitetura, a arte militar, a arte médica, o cálculo do primeiro calendário, os primeiros meios de locomoção, a navegação, a metalurgia, a tecnologia etc.

O antigo Egito

A civilização egípcia é considerada a mais antiga do mundo e é certamente autóctone. Os homens que habitavam o vale do Nilo eram uma população mista composta de elementos negroides, asiáticos e semíticos que desde tempos imemoráveis conheciam a arte de cortar e polir a pedra com a qual se construíam os utensílios para as necessidades domésticas e para o trabalho. Cultivavam o trigo e a cevada, conheciam a técnica de curtir as peles e trançavam objetos com vime. No período subsequente, foi de enorme importância o emprego dos metais. Alguns deles, como o ouro, a prata, o chumbo e o estanho, já eram conhecidos por vários povos da Ásia e da África, mas a descoberta do cobre rapidamente assumiu um valor determinante na vida econômica da humanidade, e o cobre permanecerá como o metal mais importante até a descoberta das propriedades do ferro.

No Egito, o cobre foi usado não apenas para a produção de instrumentos agrícolas e de armas, mas também para a construção de outros utensílios, tais como formões, agulhas, serrotes, sovelas, pinças, pregos, guarnições, ornamentos e vasilhame. Muito avançada também era a técnica de construção com tijolos crus – os egípcios já sabiam construir uma abóbada desde a época da primeira dinastia (3000 a. C.) – e com madeira, a produção de vasilhame de argila e da chamada faiança egípcia. Notável foi o domínio da manufatura do ébano, do marfim, das gemas e pedras preciosas.

Já naquela época os egípcios sabiam fabricar um material especial sobre o qual escrever, o papiro, no qual as primeiras notações escritas são representadas por desenhos, depois pelos hieróglifos e pela escrita hierática.

Os escribas adquiriram grande importância na vida do Estado. Eles cuidavam da compilação dos anais, primeira forma de cronologia e de calendário, nos quais o tempo era dividido de acordo com as estações e com as inundações do Nilo, às vezes de acordo com o nome do rei e com uma denominação especial para o ano em curso. Durante a segunda dinastia, os escribas realizaram o que provavelmente foi o primeiro recenseamento da história da humanidade.

Também o nível da aritmética era elevado. Os contabilistas egípcios, trabalhando em grandes negócios e na burocracia estatal, tinham de lidar com cifras enormes. O sistema era decimal e os sinais de notação numérica eram, em tudo, similares aos hieróglifos.

As primeiras obras arquitetônicas foram os sepulcros dos nobres e reis, mas já em uma época antiquíssima era conhecida a construção de pirâmides em terraços. A seguir, desenvolveu-se a técnica dos grandiosos monumentos característicos da antiga civilização egípcia. A maior das pirâmides, a de Khufu (Quéops), tinha na base o comprimento de 230 metros e 146 metros de altura. Nos sepulcros eram colocadas pequenas estatuetas de mulheres nuas, enquanto as esculturas maiores mostram uma livre inspiração realista e um feitio requintado. As representações sobre superfícies, embora possuindo um propósito mais informativo que artístico, atingiam extrema perfeição e estilização. Mais tarde, desenvolveu-se a pintura de forma autônoma.

Mas onde a arte egípcia mostra outro aspecto particularmente interessante é na construção dos templos: imensos edifícios de enormes proporções, de linha maciça e imponente.

Os primeiros testemunhos literários remontam à época da quinta e sexta dinastias. Trata-se de inscrições funerárias, hinos a divindades, narrativas cosmogônicas, fórmulas mágicas e narrações históricas, como o texto conhecido como *Textos das pirâmides*.

No Reino Médio, um grupo de obras intituladas *Ensinamentos* contém coletâneas de máximas e de conselhos para os jovens a respeito da escolha dos ofícios e sobre a excelência do ofício do escriba.

A literatura narrativa também alcançou um elevado grau de desenvolvimento com a *Biografia de Sinuhe*. A poesia igualmente floresceu, atingindo um alto nível artístico. Escreviam-se poemas em honra das divindades e dos faraós, como o *Poema de Pentaur*, que celebrava a festa de Kadesh e de Ramsés II. Na época da vigésima dinastia, ao lado de narrativas de lendas e novelas históricas, desenvolve-se uma lírica erótica de origem popular, mas de alta perfeição técnica. A atividade de pesquisa se concentra nas primeiras tentativas de interpretação cósmica, desenvolvida sobre bases mitológicas e mágicas, criando uma formidável estrutura religiosa que, apesar das vicissitudes do reino, durou milênios, até a conquista greco-romana do Egito. Ao mesmo tempo, a paralela atividade científica criava as bases da astronomia, da matemática, da geometria, da medicina e da veterinária.

As primeiras observações sistemáticas dos movimentos do Sol, da Lua e dos planetas remontam às primeiras épocas do antigo Egito, e, como dissemos, os egípcios criaram o primeiro calendário da história humana. O ano era dividido em três estações, cada estação com quatro meses e cada mês com trinta dias: ou seja, tinha 360 dias, aos quais eram acrescentados cinco para corrigir um afastamento bastante considerável com o aparecimento da estrela Sirius. Com essa correção, a coincidência chegava à notável perfeição de 1.461 anos egípcios para 1.460 anos equinociais.

Para distinguir os meses, os egípcios se serviam das constelações, o que significa que deviam conhecer o zodíaco. Somente na época dos babilônios, contudo, é que se assistirá ao florescimento máximo da ciência astronômica.

Chegaram até nós numerosos papiros de assunto matemático, entre os quais o mais importante é o de Rhind, reproduzido por um texto da 12ª dinastia. Ele contém 84 problemas que nos permitem ter uma ideia dos procedimentos de cálculo usados pelos antigos egípcios. O sistema de numeração, como dissemos, era decimal e possuía notações especiais para os múltiplos de dez à sétima potência. Os egípcios sabiam, ademais, exprimir as frações, mas, com exceção da de 2/3, usavam apenas aquelas com o numerador 1. Usando esses métodos, os egípcios conseguiam, de toda forma, executar numerosas operações aritméticas e, provavelmente, até resolver equações algébricas.

O caráter utilitário da ciência egípcia se revela particularmente na geometria, que, com eles, tinha mais o caráter de técnica que de construção teórica.

Elaborada sobretudo por causa das necessidades agrícolas e arquitetônicas, a ciência egípcia limita-se a explicar procedimentos de mensuração sem verdadeiras demonstrações de teoremas. Podemos afirmar que os egípcios sabiam calcular a superfície de determinadas figuras e o volume de determinados sólidos, porém talvez apenas em base empírica. Igualmente empírico é o valor de 3 para a relação circunferência-raio do círculo, que, em cálculos de maior precisão, chega a 3,1604 – extremamente próximo do nosso *pi grego* de 3,14.

Uma tendência empírica tão forte assim devia encontrar sua máxima expressão na medicina e na veterinária, que foram, de fato, cultivadas como ciências experimentais.

Especialmente notável é o papiro que traz o nome de Edwin Smith e que remonta à época dos hicsos. Ele contém uma descrição clínica do corpo humano, da cabeça aos pés, e nos dá uma ideia do modo racional e prático com o qual a ciência médica se dedicava à observação e à cura das doenças. As 48 observações relatadas são apresentadas em ordem metódica, com a designação da doença ou do ferimento, do exame clínico do paciente, do diagnóstico, do prognóstico, do tratamento indicado e outras explicações suplementares. Trata-se, talvez, da primeira e clara afirmação de um espírito científico que encontrará posterior manifestação no pensamento hipocrático e moldará toda a ciência moderna.

Entre os médicos, incluíam-se especialistas em doenças "do útero", oftalmologistas, dentistas etc. Sobre a odontologia do reino Antigo, restaram testemunhos concretos: um dente amarrado a outro com um fio de ouro, um maxilar perfurado por meio de uma intervenção cirúrgica.

Existia até uma academia científica, a "Casa da Vida", tão importante que era mantida e reformada no que fosse necessário com o dinheiro público das várias circunscrições territoriais do reino.

Os numerosos remédios citados nos papiros médicos demonstram que também os conhecimentos farmacológicos tinham alcançado um grau notável de progresso. O mesmo se pode dizer dos conhecimentos químicos, como testemunham, por um lado, o alto nível da metalurgia e, por outro, a facilidade de desenvolvimento que a alquimia encontrou no Egito em um tempo posterior.

As conquistas tecnológicas dizem respeito à construção dos navios, à tecelagem, à preparação dos papiros, ao processamento dos metais, especialmente do ouro, à fabricação de instrumentos e à técnica de embalsamentos das múmias.

As mais antigas civilizações mesopotâmicas

Contemporâneas da civilização egípcia (quarto milênio antes de Cristo) são as civilizações do Elam e da Suméria.

O Elam estendia-se desde o noroeste do planalto iraniano até os férteis vales do Choaspes e do Euleus (os atuais Karkheh e Karun). Às margens orientais do Choaspes, no cruzamento das grandes vias de comunicação que atravessavam o Irã, surgia a grande cidade de Susa (atual Shush), cujo deus Inshushinak também era venerado na Suméria e teve um papel de importância primordial na história do país.

Os povos do Elam, juntamente com os egípcios, foram os primeiros a praticar a agricultura, a usar o cobre e outros metais. Ao lado da metalurgia, a cerâmica também teve grande importância. A julgar pelas esplêndidas representações de animais nos vasilhames, pode-se deduzir que a pecuária teve igualmente um grande desenvolvimento.

Notáveis são os monumentos e as estátuas de reis e governantes, em cujas bases as inscrições falam de guerras vitoriosas que levaram um dos reis do Elam a declarar-se "senhor dos quatro cantos do mundo". Na realidade, o domínio do Elam se estendeu de maneira instável por boa parte da Mesopotâmia.

A maior conquista da cultura elamita foi a criação de uma escrita própria, cujos caracteres se remetiam a modelos pictográficos, mas que em uma evolução posterior se transformou em uma série de combinações de linhas.

Há que se acrescentar que através das cadeias setentrionais de montanhas que dividem o Irã da Ásia central provavelmente se deram os primeiros contatos e as primeiras trocas com as antigas civilizações indianas e, talvez, mesmo com a dos chineses.

No início do terceiro milênio a. C., as cidades dos sumérios tornaram-se o centro de uma civilização agrícola que adquiriu pouco a pouco o domínio de quase toda a região (primeira monarquia suméria) e, com o rei Lugalzagesi, estendeu-se até o Mediterrâneo e o Golfo Pérsico.

Nesse período, foi notável o desenvolvimento da arte militar.

A seguir, a hegemonia passou à cidade de Acádia, com a formação do império súpero-acadiano, que também compreendia a Síria e as outras regiões da Ásia Menor. Assiste-se, por fim, à ascensão de uma nova dinastia suméria, que coloca a capital em Ur e subjuga também o Elam.

Esses povos tiveram uma cultura elevada que esteve na base da posterior cultura babilônica e cujas conquistas foram de grande influência sobre o futuro progresso de toda a humanidade.

A maior conquista é, sem dúvida, a criação da escrita, cujos embriões já haviam aparecido, como se viu, por volta da metade do quarto milênio a. C. Esses embriões se transformaram em uma verdadeira escrita pictográfica, e logo dos pictogramas se passou aos ideogramas, ou seja, os caracteres cuja forma não tem mais relação com a representação do objeto, mas com o seu conceito.

Com os sumérios, juntamente com os ideogramas, derivados dos pictogramas, fizeram sua aparição os fonogramas. A escrita tornou-se fonética e os seus caracteres, impressos sobre tabuinhas de argila com um bastãozinho prismático, adquiriram a característica forma de incisões cuneiformes. Na sequência, essa escrita cuneiforme se difundiu em muitos estados do Oriente antigo.

As exigências da economia e o desenvolvimento da arte da construção pediram, ademais, um aprofundamento da matemática. É notável a perfeição dos balanços dos contabilistas sumérios da terceira dinastia de Ur. Somente as conquistas das ciências matemáticas, nesse período, podem explicar o subsequente desenvolvimento da matemática nas escolas dos escribas da baixa Mesopotâmia nos tempos da primeira dinastia babilônica (na primeira metade do segundo milênio).

Os termos científicos sumérios se encontram em abundância nos textos de matemática e de outras disciplinas que eram matéria de estudo dos escribas babilônicos, como, por exemplo, a astronomia e a química. Por essa razão, pode-se afirmar que os sumérios, assim como os egípcios, deram início ao pensamento científico da antiguidade.

- Religião
- Literatura
- Arquitetura
- Arte

A Babilônia e os assírios

Na primeira metade do terceiro milênio a. C., aconteceu uma nova unificação de quase toda a baixa Mesopotâmia em torno da cidade de Babel (Império babilônico, para distingui-lo do Segundo Império, que se formou mil anos mais tarde). No correr de quase 2 mil anos, a Babilônia continuou a ser o mais importante centro econômico e cultural não apenas da Mesopotâmia, mas também de todo o mundo antigo.

O desenvolvimento econômico acompanhava de perto o aprimoramento dos meios de produção e o incremento dos métodos de trabalho. É possível que, independentemente do Egito, as necessidades de um cálculo complexo dos períodos de inundação do Tigre e do Eufrates tenham criado os pressupostos para o desenvolvimento da astronomia.

Os trabalhos de irrigação exigiam também o aprofundamento de alguns conhecimentos matemáticos, por exemplo, no cálculo do volume das operações de desaterro e da quantidade da força de trabalho.

A técnica do aproveitamento da rede de irrigação alcançou a plenitude: foram criadas máquinas hidráulicas para a irrigação de campos situados em partes altas, aonde a água não chegava nem mesmo nas épocas de cheia.

Supõe-se que nesse período também tenha se difundido o arado com o funil no qual se colocava o grão para a semeadura.

Na metalurgia, decididamente se estava na vanguarda. Já no início do segundo milênio, firmou-se estavelmente o emprego do bronze e, também, começou a aparecer o ferro.

Ainda foram aperfeiçoadas as ferramentas e os métodos das atividades artesanais. No código de Hamurabi estão listadas dez categorias artesanais, entre as quais os oleiros, os tecelões, os ferreiros, os marceneiros, os trabalhadores dos canteiros navais, os trabalhadores da construção civil.

Foram criados os pressupostos para o desenvolvimento da química. Chegaram até nós alguns fragmentos de um manual babilônico de química no qual, por exemplo, estão indicados os modos de fazer falsas pedras preciosas, imitações do cobre, da prata etc.

O comércio também teve grande desenvolvimento e, com ele, a economia financeira.

- Prata – Empréstimos – Interesses – A agiotagem
- O direito
- Ideologia – Religião (influência indireta dos mitos babilônios sobre os mitos cristãos)

A cultura babilônica teve uma enorme influência sobre o desenvolvimento cultural dos povos contemporâneos na Ásia ocidental e até no distante Egito. A seguir, muitas de suas conquistas culturais começaram a fazer parte da cultura grega e de outros povos da Europa, da Ásia e, depois, do Islã.

A matemática pôde alcançar os melhores resultados em relação às outras ciências. Na escrita de todos os números concebíveis com uma quantidade mínima de sinais numéricos, a ciência matemática babilônica superava amplamente até a ciência grega antiga de períodos posteriores. Na matemática babilônica, como na atual, foi adotado o princípio segundo o qual um mesmo número tem um valor diferente de acordo com o lugar que ocupa em uma cifra (sistema de posição). Todavia, na matemática babilônica, herdeira da suméria, o sistema numérico não era decimal, mas sexagesimal. Esse sistema sobrevive, ainda hoje, na divisão da hora em sessenta minutos e do minuto em sessenta segundos, assim como na divisão da circunferência em 360 graus.

Os escribas babilônicos resolviam problemas planimétricos explorando as propriedades dos triângulos-retângulos, formuladas no chamado teorema de Pitágoras. Na estereometria, conseguiram resolver problemas complexos como a mensuração da pirâmide truncada.

Foi demonstrado que os matemáticos babilônicos foram os verdadeiros fundadores da álgebra, pelo fato de que, em alguns casos, resolvessem equações com três incógnitas. Em uma série de casos, sabiam extrair não apenas as raízes quadradas, mas também as cúbicas. Já na determinação da relação entre circunferência e diâmetro do círculo, eles usavam uma aproximação mais grosseira (3) que os egípcios (3,16).

A astronomia alcançou grandes resultados. As bases do mapa das estrelas, na medida em que pode ser estabelecido sem o uso do telescópio, foram criadas pelos babilônios e transmitidas, provavelmente por meio dos hititas, aos povos europeus do Mediterrâneo. Em seu posterior desenvolvimento, a astronomia babilônica influenciou notavelmente a ciência grega.

O calendário era originalmente lunar, mas depois se tornou lunissolar, com o ano dividido em doze meses. Parece, além disso, que os astrônomos babilônicos também conseguiam prever os eclipses da Lua.

Infelizmente, as informações sobre a química babilônica ainda são limitadas em razão da dificuldade de interpretação da escrita cuneiforme. O mesmo acontece em relação à medicina, à zoologia, à botânica e à mineralogia.

No entanto, os médicos babilônicos possuíam alguma habilidade na preparação de medicamentos e empregavam, com frequência, numerosas plantas e vegetais – o que faz supor a existência de algum conhecimento botânico.

Dignos de nota foram os estudos de linguística e filologia, e de menor vulto os da historiografia.

Literatura

Com o nome de Assíria se pretendia nomear, na Antiguidade, a região central do vale do Tigre, correspondente à parte nordeste do atual Iraque. Na primeira metade do segundo milênio a. C., depois da criação de um grande reino, de sua queda alguns séculos mais tarde e de seu renascimento, os assírios criaram, por volta da metade do milênio seguinte, o primeiro dos grandes impérios universais, que compreendia a maior parte dos países do Oriente Médio, e contemporaneamente dominaram também o Egito.

Ideologia e cultura

Notáveis são os anais: as traduções. Infelizmente, não conhecemos quase nada da literatura assíria, dada a perecibilidade do material usado para a escrita (pele, papiro, argila). Em geral, a ciência encontrava-se no estágio inicial de inventariado dos fatos, mas chegaram até n ós trabalhos científicos de caráter utilitarista como listas, prontuários e receitas, vocabulários, coletâneas de exercícios linguísticos e jurídicos, manuais médicos e químicos, epítomes de botânica e de mineralogia, anotações sobre astronomia e astrologia.

Em um elevado grau de desenvolvimento se encontram a técnica militar e os setores relacionados à ação de guerra: construção de pontes e estradas, aquedutos, fortalezas etc.

No campo da arquitetura, os construtores assírios fizeram grandes edifícios de tijolos crus, empregando o tijolo cozido e as pedras apenas para os revestimentos. Conheciam a abóbada de berço; as entradas eram decoradas com esculturas e os interiores eram artisticamente acabados com relevos pintados, ladrilhos vidrificados etc.

Embora a arte figurativa assíria tenha sido relativamente modesta, influenciou notavelmente a arte oficial de outro império, o persa, que se desenvolveu sobre o caminho traçado pelos artistas assírios com uma acentuação do caráter decorativo das imagens.

- A religião
- Medicina, farmacologia, veterinária assírio-babilônica

Arábia

Ao sul das grandes potências do Oriente Médio, encontrava-se um amplo território, a Arábia, de extensão igual a um quarto da Europa, mas coberto em sua maior parte por áridas estepes e desertos de areia e pedra. Todavia, em algumas zonas, nos oásis, perto das nascentes e dos poços, e na parte sul da península (o território do atual Iêmen), encontravam-se áreas adaptadas ao desenvolvimento de uma atividade agrícola. As vastas extensões de estepes, ao contrário, viram o crescimento das populações nômades dos beduínos.

Os mais antigos estados da região, por volta do segundo milênio a. C., são o de Ma'in, o de Sabá, o de Adramaut e de Qataban. A base da sua economia era a agricultura irrigada. Particularmente importante foi a exploração da palmeira de tâmaras e o cultivo das plantas aromáticas. O processamento da pedra encontrava-se em um estágio muito aperfeiçoado; durante a construção dos edifícios, as pedras eram tão bem encaixadas umas nas outras que as linhas de contato ficavam quase invisíveis. As narrativas árabes sobre as grandiosas construções com janelas feitas de pedra transparente pouco exageram a realidade. Conheciam o arco ogival. Muitas cisternas antigas ainda hoje estão em uso. Conservaram-se também produtos de metal, de cerâmica e joias.

O comércio foi importante não apenas por causa da agricultura irrigada, mas também pelo papel que os estados árabes (especialmente o de Sabá) tinham no comércio internacional.

Tratava-se de um vasto comércio intermediário por meio do qual passavam perfumes, especiarias, pedras preciosas, importadas da Índia e do litoral somali da África. Essas mercadorias chegavam ao sul da Arábia por via marítima e de lá eram transportadas em caravanas de camelos até as costas do Mediterrâneo para serem distribuídas a todos os países da Ásia Menor e aos países da área mediterrânea.

As populações do sul da Arábia criaram uma cultura própria, original e relativamente elevada, em larga medida independente das outras culturas do antigo oriente. A escrita era muito desenvolvida, e dela descende a escrita da Abissínia. A nós chegaram apenas epígrafes, mas parece que existia também uma florescente literatura que, infelizmente, se perdeu.

A Palestina, a Fenícia e a Síria

Esses países compreendem a atual Palestina, a Jordânia, o Líbano e a moderna Síria.

Ao longo do litoral da Palestina, estende-se uma planície fértil, aberta aos ventos marítimos. Mais a leste está situado um planalto montanhoso onde, já na Antiguidade, se tornou possível cultivar a terra ao longo das encostas dos montes e nos vales e, assim, também criar gado. Ainda mais a leste, o país é cortado pelo vale do Jordão. Por fim, ao norte, entre os contrafortes meridionais da cadeia dos montes do Líbano e do Carmelo, situa-se o fértil vale do Esdrelon.

O país foi adaptado à formação de um núcleo de civilização agrícola cujo desenvolvimento teve início, de fato, a partir do final do quarto milênio a. C. Esses povos começaram a usar o cobre em uma época muito precoce, dado que as maiores minas desse metal, das quais também os egípcios extraíam, se encontram justamente nessa região. Por volta do final do terceiro milênio e no início do segundo, as alianças entre as várias tribos levaram à criação da grande federação que tomou o nome dos hicsos e que estendeu o seu domínio até o norte da Síria, ocupando ao mesmo tempo também o Egito. Depois, a federação se fracionou em pequenos reinos, cidades-estado (entre as quais Jerusalém), e viu a invasão dos novos povos, entre os quais os misteriosos Povos do Mar, provenientes do norte, portadores e vulgarizadores do uso do ferro.

Enquanto isso, as cidades fenícias da costa, protegidas pelas montanhas do Líbano, submetendo-se ou aliando-se sucessivamente às grandes potências circunstantes (os hititas, da Ásia Menor; os assírios, da Mesopotâmia, e os egípcios) e aproveitando a crise da talassocracia cretense e depois da aqueia, constroem um império colonial sem precedentes em toda a costa do Mediterrâneo, especialmente na costa líbia (onde nascerá Cartago, por obra dos habitantes de Tiro).

A Síria, por sua vez, sofria as consequências das guerras, das invasões e das expedições militares de grandes potências. Esse fato, porém, permitiu a assimilação, pelas populações da Síria, da grande experiência produtiva e do patrimônio cultural dos seus novos vizinhos.

O mais importante sucesso da civilização fenícia foi a invenção da escrita alfabética. Em épocas muito remotas, os egípcios já haviam inventado os sinais para as consoantes. O passo seguinte foi realizado pelos escribas dos hicsos quando da conquista do Egito. Eles criaram um início de escrita alfabética, não conseguindo formulá-la definitivamente por causa da breve existência de sua nação. Em todo caso, foi com os fenícios que pela primeira vez entrou em uso um verdadeiro sistema alfabético de escrita.

Na sequência, esse alfabeto deu origem ao alfabeto grego. A nossa palavra alfabeto é formada pelas duas primeiras letras gregas *alfa* e *beta*, as quais, porém, correspondem às primeiras letras fenícias *alef* e *bet*.

Dado que o alfabeto grego, assim como o outro alfabeto derivado do fenício, o aramaico, é o antecessor da maior parte dos alfabetos contemporâneos, o significado dessa conquista da civilização fenícia é de grande valor para toda a história da humanidade.

Também a civilização palestina participou da criação da escrita alfabética fenícia, porque os melhores e mais aprimorados exemplos da escrita alfabética dos hicsos, que foi o protótipo do alfabeto fenício, foram encontrados justamente nessa região ("a escrita do Sinai").

A Síria, em vez disso, assimilou o alfabeto fenício e dele fez derivar o alfabeto aramaico, do qual teve origem a escrita árabe, aquela "quadrada" hebraica. A língua aramaica se difundiu em toda a Mesopotâmia e se tornou uma espécie de língua internacional do Oriente antigo, usada até, ao lado do persa, pela chancelaria imperial persa, e depois por Jesus e seus discípulos na Galileia e pelos eruditos hebreus e cristãos até o século VII d. C., quando foi suplantada pelo árabe. Mas o aramaico sobreviveu em muitos núcleos de populações que continuam a falar seus dialetos em todo o Oriente Médio.

Outra consequência da posição particular desses países, das contínuas lutas pela sua possessão, das alianças e das invasões, do contínuo trânsito através deles, foi a criação de um primeiro esboço de relações diplomáticas e de tratados internacionais – gérmen do futuro direito internacional e das relações entre os povos.

As contribuições dessas civilizações compreendem, ademais, o corpo de mitos e de doutrinas que vieram a formar a Bíblia, a religião judaica e, subsequentemente, a religião cristã e a maometana.

Importante foi o desenvolvimento das construções navais e das esquadras fenícias.

Provavelmente existia uma vasta literatura artística e científica que, infelizmente, não chegou até nós. Todavia, parece evidente que os fenícios sabiam produzir a púrpura empregada nas tintas de tecidos e que possuíam uma notável indústria para o processamento dos metais, do marfim e do vidro. A astronomia e a geografia deviam ser desenvolvidas.

► A Bíblia como um primeiro tratado de higiene social e pública

Da Idade do Ferro até o Império Persa

A primeira metade do primeiro milênio a. C. representa o período do posterior desenvolvimento das civilizações médio-orientais, enquanto no resto do mundo acontece a formação de outras civilizações.

A época é caracterizada pela difusão do uso do ferro, que tornou o homem mais forte em sua luta pela sobrevivência e lhe permitiu obter novos êxitos no campo do desenvolvimento da cultura.

O ferro já era conhecido desde o quarto milênio a. C., mas as dificuldades de detecção, de extração e de processamento impediram que fosse usado mais amplamente até o primeiro milênio, quando o desenvolvimento da metalurgia, que havia se refinado com o processamento de outros metais, especialmente do bronze, criou os pressupostos para a sua exploração. Contudo, desde aquela época e até os nossos dias, o ferro tornou-se a base do progresso material da humanidade.

A passagem para a Idade do Ferro representa, portanto, a abertura para novas e imensas possibilidades para o desenvolvimento da economia e da cultura.

A exploração do ferro permitiu a ampliação das superfícies aradas, a criação de foices, relhas de arado, enxadas e pás, o aperfeiçoamento das obras de irrigação e a construção de máquinas hídricas mais completas. Provavelmente, já na primeira metade do primeiro milênio, era empregada a roda hídrica. Não apenas o desenvolvimento do artesanato se tornou mais veloz, em especial a arte do ferreiro e a da fabricação de armas, a produção dos meios de transporte, embarcações, carros etc., o processamento da pedra e da madeira, como também a extração dos minerais. Desenvolveu-se a produção do vidro e do esmalte para vitrificação (em princípio no Egito, depois na Assíria, na Babilônia ou na Fenícia). Além disso, acumulou-se uma notável quantidade de conhecimentos no campo das ciências naturais. Desenvolveu-se a navegação, tornou-se mais fácil a construção de estradas e de edifícios. Aperfeiçoou-se a técnica militar, registrou-se um forte desenvolvimento das trocas comerciais. Enfim, por volta da metade do primeiro milênio a. C., começou a se difundir a moeda metálica.

Os eventos políticos do Egito e dos estados médio-orientais, nesse período, podem ser resumidos ao nascimento e ao declínio do império etíope no Egito, ao ressurgimento da dinastia Saíta, ao renascimento do império assírio e do novo império babilônio, ao posterior florescimento das cidades fenícias, à formação do reino de Israel e de outros reinos da Síria, Frigia e Lídia e, por fim, do império medo, que será a base da constituição do grande Império Persa.

De fato, na primeira metade do primeiro milênio a. C., os países situados nas imensas extensões do Irã adquirem um papel cada vez maior. As zonas desérticas e semidesérticas que se encontram no centro da península iraniana são limitadas a oeste e ao sul pelos montes Gragris. Os montes Zagros e a parte norte do Irã constituíam a Pérsia. A agricultura era possível somente nas zonas orientais e ocidentais do imenso planalto, onde, sobre as encostas dos montes, recaía a umidade trazida pelos ventos. Essas zonas eram unidas no litoral sul do mar Cáspio por uma larga faixa de terra fértil.

As regiões ocidentais do Irã, a Média e a Pérsia, absorveram a influência direta das antigas civilizações médio-orientais, enquanto as populações que habitavam as zonas setentrionais e orientais do Irã eram mais conectadas com os povos da Ásia central e do noroeste da Índia.

Essa dupla influência terá grande importância no desenvolvimento da civilização persa, que, em certos aspectos, representa o elo entre as civilizações médio-orientais e as do Oriente (os árabes tirarão proveito).

Aos pés das cadeias montanhosas do Irã, a agricultura surgiu nos primeiros tempos do período neolítico. No segundo milênio a. C., existiam núcleos de civilização, centros habitados e cidades, ligas e federações de povos. É testemunhada a presença de hábeis artesãos, especialmente construtores. A língua dominante passa a ser a dos medos, uma língua indo-europeia, dita justamente iraniana, a partir da qual se desenvolveu o persa clássico.

As populações do antigo Irã, já desde tempos muito remotos, distinguiam-se por sua especial habilidade de domar e criar cavalos, que usavam também na guerra (elamitas, cassitas, gútios). Isso talvez represente o primeiro exemplo de uma cavalaria militar.

Os medos construíram um vasto império que assumiu a hegemonia sobre todas as outras populações iranianas, estendeu-se a boa parte da Ásia central, destruiu a potência assíria, subjugou outros reinos e ameaçou até a Babilônia.

Mas logo a hegemonia passou aos persas, conduzidos pelo rei Ciro II, o Grande, da estirpe dos aquemênidas, fundador do grande Império Persa.

Seu exército, composto por uma cavalaria particularmente bem adestrada e de uma infantaria extremamente combativa, representou uma força militar que por muito tempo não conheceu derrotas.

Depois da conquista dos medos e de seu vasto império, os persas ocuparam toda a Ásia Menor, inclusive as cidades gregas, em seguida a Palestina, a Síria e a Arábia, e, por fim, a Babilônia. A seguir, o Império Persa se estenderá também ao Egito, à Turquia, à Índia ocidental, ao Danúbio e ao Cáucaso. Por um breve tempo invadirá até a Ática. De maneira instável, depois da expedição de Alexandre Magno, o império se perpetuou por mais de mil anos, primeiro sob a dinastia dos selêucidas, depois sob os sassânidas – até a conquista islâmica da segunda metade do primeiro milênio d. C.

A civilização iraniana conheceu a escrita desde o terceiro milênio a. C. (escrita elamita e acadiana). Na primeira metade do primeiro milênio a. C., os escribas medos criaram a escrita cuneiforme silábica que foi herdada pelo império dos aquemênidas.

- ► Literatura – Historiografia
- ► Religião (os Gathas, o Avesta, Zoroastro ou Zaratustra)
- ► Arte
- ► Ciências

No Irã gozavam de grande fama a escola superior de Nisibe e a academia de medicina de Gundishapur.

- A medicina iraniana – Veterinária – Farmacologia

Conclusão: A cultura do império iraniano representa o cadinho no qual se fundem e alcançam o máximo esplendor os elementos de todas as culturas precedentes do Oriente Médio, com as contribuições da Índia e do Extremo Oriente. Representa, além disso, a ponte pela qual acontecerá a fusão da cultura grega com a oriental (escola de Alexandria). Por fim, confluirá no Islã, mantendo sua particular individualidade, e mesmo posteriormente continuará a exercer uma função independente até a época moderna.

II
A Idade de Ferro e o Império Persa

Características gerais do período

O sistema de produção desse período representa um grande passo adiante no movimento progressivo da humanidade. Começou-se a subdividir o trabalho entre a agricultura e a produção artesanal, entre a cidade e o campo, e essa foi a condição necessária para todo o progresso posterior das forças produtivas. Com o auxílio de novos utensílios metálicos mais aperfeiçoados, os homens puderam cultivar áreas imensas que jamais tinham sido trabalhadas. Grandes sucessos foram obtidos no campo da irrigação e da drenagem. Surgiram novos tipos de culturas, novos métodos para o cultivo da terra, e foram lançadas as bases da agronomia. A arquitetura alcançou um alto nível, com obras que sobreviveram aos séculos. No campo dos ofícios, tiveram novo impulso a construção de navios, a extração e o processamento dos metais, a tecelagem, a fabricação de louça. Das mãos dos artesãos saíram objetos de arte cada vez mais refinados. O progresso dos ofícios teve grande influência sobre o desenvolvimento da técnica e da ciência bélica. A ascensão da produção social, o desenvolvimento das trocas comerciais e das relações monetárias levaram ao surgimento e ao florescimento dos grandes aglomerados urbanos e à criação de novos e mais eficazes meios de comunicação. Ampliaram-se os horizontes geográficos e as fronteiras do mundo então conhecido.

De particular importância é o legado cultural da Antiguidade. A filosofia teve nesse período um caráter universal, porque abarcava todos ou quase todos os domínios do saber. Mas já havia começado o processo de lenta separação dos vários ramos da ciência, primeiramente, entre todas, aquelas que eram mais ligadas às necessidades da vida prática: a matemática, a astronomia, a medicina, a geografia, a história etc.

Os povos antigos criaram obras-primas imortais também na escultura, na pintura, na literatura poética e dramática.

As possibilidades históricas de desenvolvimento desse sistema de produção eram, porém, limitadas. A produtividade do trabalho, confiada sobretudo a escravos, era bastante baixa e se tornou um limite para o progresso da técnica agrícola e das atividades artesanais. Muitas descobertas científicas e invenções técnicas da Antiguidade não encontraram aplicação, dadas as condições de uma sociedade baseada no desperdício da força muscular e da vida de centenas de milhares de homens absolutamente privados de qualquer direito. Além disso, o sistema da escravidão não apenas tendia a eliminar os livres produtores, mas também fazia nascer uma atitude de desprezo em relação ao trabalho, considerado uma ocupação desonrosa para um homem livre. Todo o sistema das relações sociais se transformou assim em um freio para o posterior desenvolvimento das forças produtivas.

A sociedade escravista entrou em um beco sem saída porque não encontrava uma solução para essas contradições. Da crise do regime escravista nascerá, por meio de uma longa série de acontecimentos tempestuosos, a passagem lenta e gradual ao feudalismo.

Nesse período, vemos surgir as primeiras e verdadeiras grandes cidades. O mundo antigo não havia conhecido até esse instante o real sentido da palavra, ou seja, a cidade como centro artesanal e comercial. O que se chamava cidade não era senão um aglomerado de habitações, templos e edifícios públicos esparsos sobre uma zona de terreno que representava uma mistura amorfa de cidade e campo. Tratava-se, em resumo, de uma espécie de assentamento agrícola-artesanal, onde os habitantes não tinham condição distinta daquela dos outros membros da comunidade e eram submetidos às mesmas obrigações. Ademais, os centros administrativos eram palácios fortificados com guarnições militares.

No início do primeiro milênio, nas zonas mais desenvolvidas, sobretudo nos entroncamentos das vias para caravanas e do comércio marítimo, alguns aglomerados se transformaram em verdadeiras cidades com um artesanato muito desenvolvido e com uma classe de comerciantes, agiotas e donos de escravos. Os habitantes ainda eram considerados como todos os outros membros da comunidade, mas nesse período começam a obter privilégios, isenções e relativa autonomia. Entre os exemplos que podem ser citados estão Uruk, Nippur, Sippar, Babilônia e seus subúrbios, Borsippa e Kutu, Ashur e Haran na Mesopotâmia. Posições análogas possuíam as cidades comerciais fenícias de Arvad, Sidon e Tiro.

Essas mudanças da economia e das relações sociais se refletem na organização administrativa dos estados e em sua história política. Já nos séculos VIII e VII a. C., delineia-se a tendência a favorecer a centralização do poder real, em detrimento das aristocracias locais, para obter do rei maiores privilégios para as cidades e para as classes comerciais e sacerdotais.

O Império Persa

O império de Dario I, que sucedeu a Cambises, filho de Ciro II, o Grande, foi um exemplo de centralização administrativa e de fortalecimento do poder real. Somente o rei podia conferir cargos e decretar penas; a desobediência ao "rei dos reis" era punida do modo mais severo.

A corte era suntuosa, com uma vasta legião de cortesãos, palácios e jardins majestosos. O aparato burocrático era enorme, em especial a chancelaria do rei, com numerosos escribas que conheciam diversas línguas do imenso império, e com o arquivo no qual se conservavam os documentos de Estado. No topo do aparato administrativo, situava-se um conselho de sete notáveis, e o supremo dignitário do Estado se chamava "o chefe dos mil". O elo intermediário entre a administração central e as administrações regionais era representado por altos funcionários que levavam o título muito indicativo de "olho do rei", e seus ajudantes eram chamados "olhos e ouvidos do rei".

O império era dividido entre vinte satrapias, mas as guarnições do formidável exército persa estavam sob o comando do imperador. As várias regiões eram unidas por uma rede viária bem organizada e bem mantida. Heródoto descreve a "estrada régia" que, ao longo de um percurso de 2.400 quilômetros, unia Éfeso, nas costas da Ásia Menor, a Susa, a residência real no longínquo Elam. A distância regular, estavam situadas as estações de reabastecimento e de rendição para os correios e mensageiros do correio real. Heródoto escreveu que "entre os seres mortais nenhum podia superar em velocidade um correio persa" (*Histórias*, II, 189). Além do correio, estava em uso um sistema de comunicação por meio da sinalização com fogo.

Além da comunicação por via terrestre, dava-se grande atenção também à comunicação marítima e fluvial. Ao navegador Escílax foi confiada a tarefa de procurar a foz do Indo e estabelecer uma ligação direta com os países do Ocidente. O sucesso da expedição impeliu Dario a levar a termo os trabalhos (iniciados pelo faraó Necao) para a abertura de um canal que ligasse o Nilo ao Mar Vermelho.

A circulação monetária foi regulamentada com a introdução de uma única moeda cunhada.

Extremamente florescentes foram o comércio de escravos, a concessão dos impostos e a agiotagem.

Também a legislação foi unificada, recebendo normas e princípios das leis dos países dominados.

As guerras Médicas marcam o período da máxima expansão do império aquemênida.

O uso do ferro era difundido em todo o império, até junto às tribos mais distantes. A agricultura continuava a ter um papel de primeiro plano, e a criação de gado foi igualmente muito difundida. Grande desenvolvimento teve a atividade artesanal, e cada região era famosa por seus produtos específicos. Grandes empresas existiam, sobretudo, na Babilônia, na Síria, na Palestina, na Fenícia e nas cidades gregas da Ásia Menor. Essas cidades eram também centros comerciais, como se viu, e centros políticos. No Irã, ao contrário, as cidades eram, sobretudo, residenciais, centros burocráticos e fortificados.

Os famosos palácios dos reis persas foram criados por artesãos de todas as regiões. Os materiais também vinham das várias províncias do império.

Importante foi a evolução da língua. Da cuneiforme semialfabética, assimilada provavelmente pelos medos, passou-se à língua aramaica, com uma escrita não mais cuneiforme, mas alfabética, de provável origem fenícia. Essa língua teve uma grande importância na história da cultura médio-oriental e asiática e representou o ponto de partida de uma série de alfabetos ainda em uso em muitos países.

- A arquitetura
- A arte figurativa
- O artesanato artístico

A religião

Particularmente importante foi a influência que teve o Império Persa sobre os mitos religiosos hebraicos. É nesse período que o deus Yahweh, inicialmente considerado a divindade principal, mas não única, e depois o único deus, mas somente para o próprio país, começa a ser adorado como único deus universal, ou seja, como o paralelo celestial do único rei da Ásia que pretendia ser o governante do mundo. A mesma ideia da espera por um salvador semidivino estava presente na religião do Irã.

Sob o reinado de Dario I foi reativada a mais alta instituição científica egípcia, a Casa da Vida. A cidade de Heliópolis gozava de grande fama científica. O filósofo grego Platão e o astrônomo-matemático Eudoxo fizeram viagens de estudo ao Egito.

Babilônia continua a ser um centro de cultura científica. Os astrônomos e os matemáticos ampliaram muito os conhecimentos nesses campos.

Durante as campanhas de Alexandre Magno, desenvolveram-se focos de resistência que, por certos aspectos, fazem pensar em uma espécie de guerra partidária *ante litteram*.

Depois do esfacelamento do império de Alexandre, o Império Persa sob a dinastia selêucida tinha sido reduzido em extensão, compreendendo então o Irã, a Mesopotâmia, o norte da Síria e grande parte da Ásia Menor. Na sequência, ampliou-se a muitos outros territórios, e por um instante parecia que podia unificar todos aqueles que tinham feito parte do império de Alexandre, com exceção do Egito.

Enquanto isso, a agricultura continuava a se desenvolver, e se aperfeiçoavam cada vez mais as obras de irrigação. Os cereais da Babilônia e da Síria eram famosos em todo o mundo, e as sementes eram exportadas a toda parte. Grande difusão teve a cultura da uva e a enologia. Particularmente amplo foi o desenvolvimento da criação de gado e das melhores raças de cavalos.

Crescia o número de artesãos. Na Babilônia, produziam-se tecidos de linho; a Ásia Menor e a central eram famosas pelo processamento dos metais. Notável foi a produção da cerâmica, e amplamente exploradas foram as riquezas do subsolo e dos bosques. Centros econômicos fundamentais eram a Selêucia do Tigre, cuja importância econômica e política se manifestou de modo especial em relação à situação da moribunda Babel, além de Antioquia, e da Selêucia do Mediterrâneo.

O desenvolvimento da produção mercantil vinha junto com o aumento das relações comerciais. Particularmente importante era a estrada que unia o litoral do mar Egeu (Éfeso) à Mesopotâmia (Selêucia do Tigre) e que, passando pela Pérsia, por Média, por Bactriana e Sogdiana, alcançava a Índia. Dali chegavam as mercadorias vindas do Oriente e por ali passavam aquelas dos habilidosos artesãos da Mesopotâmia, da Síria e da Hélade. Também outros povos, especialmente do Egito, comercializavam com o Oriente, mas apenas por via marítima e recorrendo à mediação dos comerciantes árabes. Os selêucidas, ao contrário, tinham o controle da única via de comunicação terrestre. O comércio de trânsito tinha grande importância para a vida econômica do império selêucida.

Também a helenização do Oriente foi favorecida pela política dos selêucidas, que exerceram forte influência no processo de colonização greco-macedônica, com formação de novas cidades e povoados e modificações da vida econômica e dos métodos de produção.

Essas cidades possuíam terras, tinham moeda própria, promulgavam leis, construíam ginásios, teatros e outros edifícios públicos, organizavam jogos e competições. Todavia, não se tratava de verdadeiras cidades-estado, como as pólis gregas dos séculos V-VI a. C., mas eram parte integrante da estrutura política do estado.

Nas relações agrárias, nota-se uma complexa influência recíproca entre normas, instituições e costumes locais e aqueles gregos: latifúndio, propriedades das cidades e dos templos.

Na organização administrativa acontecia a mesma combinação de elementos locais e greco-macedônios.

O exército tinha cada vez mais uma importância de primeiro plano. Havia acolhido as mais modernas técnicas militares, sempre com uma mistura de elementos locais: elefantes e máquinas de assédio, infantaria pesada do tipo da falange macedônica e forte cavalaria, frota naval do tipo egípcio, fenício e grego. Além disso, aumentavam os contingentes de mercenários e até de piratas.

Ao lado da contribuição da cultura helenística, as culturas locais continuavam a ser extremamente sólidas e a se desenvolver em um fecundo jogo de influências recíprocas. Esse processo de unificação encontrou sua máxima expressão na escola de Alexandria, mas grandes bibliotecas e centros de estudo também surgiram em Pérgamo e em Antioquia.

Esse período pode ser considerado como uma fase muito importante do desenvolvimento das ciências naturais – anatomia, medicina, astronomia, geografia –, em que grandes sucessos foram alcançados, assim como na matemática.

Os trabalhos dos matemáticos e astrônomos da Babilônia – Ridenas de Sippar e Beroso – e as observações sobre os corpos celestes foram amplamente utilizados pelos astrônomos do período pós-helenístico e romano.

Um eminente expoente da escola matemática de Pérgamo no século III a. C. foi Apolônio de Perga, autor de uma obra clássica sobre as seções cônicas.

A historiografia testemunha o babilônio Beroso, matemático e astrônomo, que escreveu um panorama histórico de toda a Mesopotâmia com base em fontes de escrita cuneiforme. As escavações arqueológicas do século XX confirmaram algumas informações sobre ele.

A filosofia e, sobretudo, as religiões desse período abarcaram os antigos mitos e cultos do Oriente Médio e do Oriente, em uma forma de sincretismo que caminhava juntamente com o ecletismo filosófico. Reviveram, por exemplo, as concepções da cosmogonia babilônica segundo as quais entre a Terra e os corpos celestes existiria uma contínua interação. Os fenômenos cósmicos teriam, por isso, um paralelo nos acontecimentos terrestres, de forma que, observando os movimentos das estrelas e dos planetas, seria possível prever esses acontecimentos e estabelecer o destino dos homens. Assim começou a se desenvolver a astrologia.

A literatura

Ao lado dos nomes de Menandro e Filêmon, de Calímaco e Teócrito, florescem as literaturas locais do Oriente Médio, onde se repetem tradições seculares e até milenares.

As artes figurativas

O sincretismo está presente nos temas, no estilo e nas técnicas. Os grandes exemplos de arquitetura monumental na Síria e na

Fenícia são modelos de estilo helenístico com uma fusão original de elementos locais. Em Babel se construiu um teatro de acordo com o modelo grego. Em Uruk, ergueu-se um templo no estilo da antiga arquitetura, em tijolo cru.

Há um discurso geral sobre grandes nomes, muitos dos quais eram médio-orientais ou egípcios: Maneton, Jerônimo de Cárdia (cita), Hiparco da Bitínia, Estrabão da Capadócia.

A expansão da potência romana reduziu a extensão do império dos selêucidas, também em razão de conflitos dinásticos e internos, e depois de sua queda surgiram um reino greco-romano e o novo império persa dos partas, conduzido pela dinastia dos arsácidas.

A produção artesanal se mantém em altíssimo nível. De acordo com Plutarco, as armas dos cavaleiros partas eram feitas de "ferro margiânico"; a partir do momento em que no território da Margiana não existem jazidas de ferro, Plutarco pretendia falar de armas forjadas com técnica particular dos artesãos margianos.

É extremamente difundida, na historiografia atual, a opinião de que o desenvolvimento das cidades da Ásia, sob a forma da pólis, tenha sido apenas um resultado da colonização greco-macedônica. Em vez disso, provavelmente a pólis da época parta esteja ligada não apenas às pólis helenísticas da Ásia Menor, mas também às antigas comunidades urbanas autônomas da Mesopotâmia, da Síria e da Palestina. Por essa razão, é possível que tais comunidades urbanas do Irã e da Ásia central tenham existido independentemente da influência greco-macedônica.

Cultura e religião

O império dos partas fez sentir sua influência em todos os acontecimentos que ocorriam nas regiões do Mediterrâneo oriental, tomando parte ativa na política mundial e se tornando o concorrente mais perigoso da potência romana. Pompeu procurou refúgio junto de Orodes II da Pártia depois da batalha de Farsália.

Depois da morte de César, formações militares dos partas combateram ao lado da República na batalha de Filipos. Mais de uma vez os romanos tentaram derrotar a potência dos partas, mas não tiveram sucesso em seu propósito.

A cultura do período marca uma reação anti-helenista, com uma volta à escrita aramaica, às antigas denominações das cidades, reforma da religião, desenvolvimento de uma literatura parta, influências partas na escultura, na torêutica e na arquitetura. É desse período o desenvolvimento da chamada escrita pahlavi ou pahlevi, na qual se empregam caracteres aramaicos e também outras palavras isoladas que, em sua leitura, eram substituídas por equivalentes pahlavi. Infelizmente, muito material foi perdido, mas as recentes escavações demonstram o quanto a cultura parta foi importante na história do Irã, da Mesopotâmia e da região sudoeste da Ásia Central.

Enfim, o império dos partas, enfraquecido pelas guerras contra Roma e corroído pelas incoerências internas, caiu sob os golpes de uma nova força saída da principal região persa: o Fars ou Perside, que tinha sido o núcleo interno dentro do qual se formou o império dos aquemênidas, mesmo que os maiores centros econômicos e culturais tenham se tornado depois o Elam, a Média ocidental e a Mesopotâmia. A nova dinastia pertencia à estirpe dos sassânidas.

Nesse período, modificam-se as relações entre proprietários de terra e camponeses. Tende-se à formação dos servos da gleba. Os artefatos demonstram uma grande mestria, sinal de uma divisão do trabalho já muito avançada e da presença de um artesanato especializado. As fontes mencionam organizações de artesãos que podem ser interpretadas como corporações.

Somente sob os sassânidas se constituiu definitivamente como religião, com dogmas, ritos e liturgia, o zoroastrismo, que mergulhava suas raízes nos antigos cultos agrícolas iranianos (que haviam começado a se fundir em um único culto no tempo dos aquemênidas, repelidos a um segundo plano pelas doutrinas sincréticas helenistas e renascidos depois no período parta tardio).

Foi também importante o maniqueísmo, outra religião existente no Irã, fundada pelo babilônico Mani, antes aceita e depois perseguida, que fundia livremente formas superficiais do zoroastrismo e do cristianismo. Difundindo-se no Ocidente, o maniqueísmo se aproximou das numerosas seitas heréticas cristãs. No Oriente, em vez disso, assumiu uma série de características do budismo. A grande dimensão da sua influência é demonstrada pela literatura própria e pela ainda mais vasta literatura polêmica cristã. Sua vitalidade é demonstrada pelas repercussões que podem ser observadas em numerosas seitas anticlericais da Idade Média.

O império sassânida ampliou-se, lutou contra Roma pelo predomínio na Mesopotâmia, na Armênia e no Oriente Próximo, fez grandes conquistas a leste.

Enquanto isso, o cristianismo também se afirmava, perseguido em Roma, mas favorecido em um primeiro tempo pelos sassânidas, que esperavam ter nos cristãos aliados contra Roma.

No início do século V d. C., o Império Persa tinha alcançado sua máxima expansão e potência. Compreendia todo o planalto iraniano e a depressão do Cáspio (atuais Irã e Afeganistão), a baixa Mesopotâmia (Iraque), a Albânia caucasiana e boa parte da Armênia e da Geórgia.

A passagem ao feudalismo, que foi bastante precoce, representou um passo adiante nos sistemas de produção e contribuiu para desenvolver as forças produtivas tanto na agricultura quanto no artesanato.

A agricultura podia se desenvolver apenas com a ajuda da irrigação artificial. Os sistemas de irrigação prevalentes eram os *karisi*, galerias subterrâneas com eventuais tubulações de cerâmica que serviam para extrair a água do subsolo. Os *karisi* eram ligados à superfície por meio de poços, distantes um do outro de sete a dez metros, e que serviam também para permitir sua limpeza periódica. Em geral, eram colocados a uma profundidade de oito a dez metros, mas depois chegaram a atingir entre trinta e cinquenta metros. Seu comprimento variava de poucos quilômetros até quarenta. Ademais, a terra também era irrigada com a água dos canais abertos, dos riachos e dos poços.

Como em todos os países que praticavam a irrigação artificial, no Irã a água representava um meio importante de produção. A água, a terra e os sistemas hídricos começaram a se tornar propriedade feudal. O Estado e os proprietários feudais impuseram uma taxa aos camponeses para o uso da água e os obrigaram a realizar gratuitamente os trabalhos de limpeza dos *karisi*.

Nos séculos V-VII, ampliou-se no Irã a produção do vinho, dos sucos de fruta, do mel, do óleo de rosa e das essências. Começaram a se desenvolver novas culturas: a cana-de-açúcar, o anil, o algodão e o arroz.

A técnica da fundição do ferro melhorou consideravelmente. Empregando a experiência de antigos métodos egípcios e indianos, que já permitiam obter o ferro solidificado de vários modos, começou-se a produzir (como já foi indicado) um ferro especialmente refinado e duro, similar a um aço primitivo.

Muito aperfeiçoada foi a produção de armas e de objetos artísticos de prata e cobre.

Desenvolveu-se a produção de pigmentos vegetais, dos perfumes, dos tapetes, dos tecidos de lã e seda.

Bastante florescente foi o comércio interno, assim como o externo e o de trânsito. No final do século V, começou a se desenvolver a cultura do bicho-da-seda, que posteriormente alcançou grande importância na economia iraniana.

Uma fonte armênia do século VI fala claramente da existência de corporações de artesãos.

No século VI, o primeiro estágio do estado feudal estava definitivamente formado, com um eficiente aparato burocrático (herdado da época precedente) e um sistema tributário único (reforma fundiária e tributária de Khusraw I Anusharwan).

A cultura conheceu um período de florescimento. Particularmente desenvolvida foi a arquitetura, com os grandes palácios do rei e dos nobres. Os edifícios eram adornados com relevos feitos de cal, areia e alabastro. A escultura era representada, sobretudo, pelos monumentos de pedra. Também os tecidos artísticos, os vasos e os pratos de prata testemunham o alto nível da arte.

Desenvolveu-se uma rica literatura em língua pahlevi. A primeira tentativa de expor a história do Irã está contida no *Livro dos Poderosos*, coleção de antigas lendas iranianas unidas às crônicas oficiais. Conservaram-se algumas partes do tratado do direito sassânida. A enciclopédia dos conhecimentos científicos e o tratado de arte militar nos são conhecidos apenas por meio de versões posteriores.

▶ Obras narrativas

Notáveis as traduções: obras de lógica e de filosofia (Aristóteles), matemática, astronomia, medicina. Um conhecido tradutor persa foi Paulo de Basra.

No Irã, gozavam de grande fama a escola superior de Nísibe (Alta Mesopotâmia) e a academia médica de Gundishapur (Khuzistão).

▶ A medicina

III
A guinada da Idade Média

Características gerais

Acontece, nesse período, a passagem gradual da economia escravista ao sistema feudal. Cinco centros de antigas civilizações tiveram grande importância na história universal durante o período de passagem da Antiguidade à Idade Média. O império Han na China, o reino Kushan na Ásia centro-ocidental, o império Gupta na Índia, o império persa dos sassânidas e o império romano. Mas a história da humanidade não se limitou aos acontecimentos desses Estados. Viu-se antes o inesperado surgimento de um povo, o árabe, que do quase anonimato passa à conquista de um mundo inteiro, aquele oriental-mediterrâneo, criando uma brilhante civilização guerreira, agrícola-industrial e comercial.

A Idade Média apresenta-se como um período rico em acontecimentos multiformes no qual surgiram novas formas de desenvolvimento econômico, social e político da sociedade. Nessa época histórica, densa de contradições sociais e de lutas de classe, a humanidade deu um grande passo em relação aos períodos precedentes da história no desenvolvimento da cultura material e espiritual. Durante essa passagem, porém, boa parte do riquíssimo patrimônio cultural dos antigos foi por séculos quase esquecida. Sua herança, como se viu, foi conservada e enriquecida com contribuições originais em alguns países, para ser depois transmitida de novo ao mundo inteiro no correr do arrebatador movimento dos povos árabes no Islã.

Os árabes e o Islã

O desenvolvimento social e econômico da Arábia no início do século VII criou as premissas para a unificação política do país. As conquistas dos árabes levaram à formação de uma grande potência territorial, militar e marítima, da qual também faziam parte outros povos do Oriente Médio, da Ásia e da África setentrional, e que teve uma enorme importância na história dos países do Mediterrâneo e da Ásia.

Os árabes que habitavam a península arábica se distinguiam entre árabes meridionais (ou iemenitas) e árabes setentrionais. A maior parte era composta por nômades (beduínos).

Na Arábia existiam grandes possibilidades para a criação de gado, mas a agricultura era praticada quase que exclusivamente nos oásis. No Iêmen, a agricultura era mais desenvolvida graças à convergência de numerosas fontes hídricas: nessa região se formaram cidades e reinos.

Os mais antigos são os reinos de Ma'in, de Sabá, Qataban, Hadramut. Com a decadência do comércio, extingue-se o reino de Qataban, e o de Sabá termina por volta do século II. Então os novos dominadores da Arábia meridional se tornam os himiaritas, que se autodenominavam reis de Sabá e de Raidan. Provavelmente a emigração em massa da população ocorrida no século II da Arábia meridional para a África está ligada à ocupação dos himiaritas. Dessa mistura, teve origem o povo dos abissínios. Por volta do início da nossa época, nasceu ali o reino de Axum, citado pela primeira vez pelas fontes históricas em setenta d. C., que a seguir se desenvolveu como Estado abissínio.

Foi nessa mesma época que as tribos dos nabateus se deslocaram para o norte e fundaram o reino de Petra (anexado depois ao Império Romano por Trajano, província da Arábia, em 106 d. C.).

Mais tarde nasceu o reino dos himiaritas, na região de Daidan, no território da atual Hejaz, que alcançou grande riqueza e prosperidade. A base essencial de sua economia era o comércio.

Os centros mais importantes eram o porto de Aden e a cidade de Muza. Os restos de faustosas construções testemunham o luxo em que viviam o rei e a aristocracia. De acordo com o testemunho de um anônimo que descreveu uma navegação ao longo do Mar da Eritreia (Mar Vermelho), o rei dos himiaritas e dos sabeus, Caribavel (segunda metade do século I d. C.), era um poderoso senhor residente em Safa, cidade que mantinha contatos com Roma, para onde enviou até embaixadores e presentes.

No século III, uma cidade árabe da Síria, Palmira, conheceu um período de esplendor. O rei Odenato e a rainha Zenóbia constituíram, por um curto período, um reino que se estendia do Egito até a Ásia Menor. E, a partir da segunda metade do século III d. C., as tribos árabes começaram a desenvolver um papel cada vez mais importante. Os guerreiros árabes, conhecidos pelos historiadores romanos como "sarracenos", apoiaram Odenato. O imperador Galieno (253-268) foi obrigado a reconhecer o reino de Palmira e a conceder a Odenato os títulos de augusto e general dos romanos no Oriente.

No século III d. C., o árabe Marco Júlio Filipe ascendeu ao trono imperial de Roma. Filho de um xeique árabe de Traconítide, tornou-se prefeito do pretório em 243, mandou que soldados matassem o imperador Gordiano III durante uma campanha contra os persas e conquistou o poder em 244. Foi sucedido por Décio, nomeado imperador pelas tropas em 249. Traconítide é um dos seis distritos da Pereia, a leste do Jordão, entre Damasco e Celessíria.

As condições econômico-sociais da região se caracterizavam por uma agricultura irrigada difundida em algumas zonas, mas, sobretudo, por cidades comerciais. As cidades não eram muito numerosas, mas muitas eram antigas e lembravam o regime da cidade-estado da época clássica grega. Um centro de grande importância era Meca, onde se erguia um templo em forma de cubo com a famosa "Pedra Negra", objeto de culto e peregrinação.

É de se notar que, antes da era cristã, muitos grupos de árabes tinham se assentado para além das fronteiras da península arábica. Nos limites da Palestina e do deserto sírio (a Transjordânia), formou-se o Estado dos gassânidas. Outro grupo na Palestina e na Síria, nos limites com a Mesopotâmia (os lakhmes), na própria Mesopotâmia e no Egito (já no século I d. C., a metade da população dos coptas era formada por árabes). Essas infiltrações facilitaram o processo de arabização desses países depois da sua conquista pelos árabes.

Os mais antigos documentos da língua árabe remontam ao reino dos himiaritas. Esses documentos são escritos com um alfabeto similar ao minoico, mas a língua é quase idêntica ao árabe clássico.

A língua árabe setentrional e a língua árabe meridional pertencem ao grupo das línguas semíticas. As mais antigas inscrições em árabe meridional (em alfabeto sabaico) remontam a 800 a. C. O árabe meridional evolui constantemente até o século VI d. C. Depois, o Iêmen declina enquanto Meca está em plena prosperidade, e por isso a língua continua a se desenvolver sobre a base do árabe setentrional.

Os árabes setentrionais usavam como língua escrita o aramaico.

A poesia oral era difundida pelas rapsódias.

A religião, consistente, no início, no culto da natureza, dos astros, dos deuses das várias tribos, sofreu alguma influência do judaísmo e do cristianismo.

No século VI, a Arábia tornou-se alvo de Bizâncio e dos persas para a conquista das ricas rotas de trânsito comercial entre o Mediterrâneo, a Índia e a China. Depois da efêmera conquista por parte dos etíopes, instigada por Bizâncio, os persas ocuparam a Arábia e deslocaram as rotas de trânsito para o território do Irã.

O deslocamento das rotas comerciais arrasou a economia da região. Os ricos comerciantes começaram a praticar a agiotagem em relação às tribos empobrecidas, mas a crise não podia ser superada sem uma solução diversa. Na tentativa de resolvê-la, os árabes foram impelidos a ver, na ocupação de novos territórios, a possibilidade de conquistar terras, escravos e espólios. Tudo isso criava as premissas para o estabelecimento de um processo de unificação.

A instauração de novas condições socioeconômicas fez surgir também uma nova ideologia: o Islã, com o seu monoteísmo, a pregação da fraternidade de todos os maometanos e de guerra santa contra os infiéis.

Já poucos anos após o estabelecimento dessa religião, começou o movimento de conquista que viria a ter enorme importância na história dos países do Mediterrâneo, da Ásia central e da alta Mesopotâmia, e no desenvolvimento da cultura mundial.

A situação internacional também era muito favorável: a longa guerra entre as duas grandes potências daquela época, Bizâncio e o Império Persa, tinha consumido suas forças. Em pouco tempo, os árabes conquistaram a Palestina, a Síria, o Egito, o Irã, o Iraque, a Mesopotâmia e o Chipre; depois a investida se estende à Índia e ao Turquestão, enquanto no Ocidente se ampliava a todo o norte da África, à Espanha e à Sicília.

Fala-se comumente de cultura árabe ou islâmica como se em todos os países conquistados pelos árabes dominasse uma cultura própria desse povo. A justificativa para essa opinião é dada pelo fato de que a língua clássica árabe dominou por um longo tempo em todos esses países como língua nacional, a língua da religião, da literatura e da ciência. Mas, na realidade, a cultura árabe representa uma fusão dos elementos propriamente árabes com aqueles assimilados e reelaborados pelo patrimônio cultural dos persas, dos sírios, dos coptas, dos povos de parte da Ásia Central, dos judeus, e até do legado da cultura helenístico-romana. Foi assim que a cultura árabe conseguiu grande sucesso no campo da literatura, da filologia, da história, da geografia, da matemática, da astronomia, da medicina, da lógica, da filosofia, da arquitetura, da arte ornamental e do artesanato artístico.

Aspectos característicos da dominação árabe são a introdução e o aperfeiçoamento de algumas culturas (cana-de-açúcar, arroz, algodão, amora), indústrias (seda, papel, armas, ourivesaria) e atividades artesanais; enorme incremento no comércio em escala mundial (de Gibraltar até o sul da China) com uma série de portos e uma frota formidável.

Arte

Não se conhecem formas artísticas desenvolvidas pelos artistas do período pré-islâmico.

As primeiras manifestações acontecem por volta do século VII com a transferência da capital para Damasco, onde se absorvem influências bizantinas, porém vigorosamente modificadas pela falta da representação de seres humanos (centro e base da arte clássica, da qual descendia também a arte bizantina).

A extensão generalizada desse preceito a todas as representações de seres vivos acaba por provocar uma orientação da arte para a função decorativo-geométrica que se exprime por meio dos ornamentos ditos justamente arabescos.

Também a substituição da basílica pela mesquita é indicativa de uma guinada artística. Na basílica, o espaço é algo indefinido e ilusório, onde o jogo de luzes evoca aparições transcendentes e onde tudo é visto em função da exaltação do espiritual (formas ascéticas e estilizadas implantadas sobre uma realidade viva e humana). Na mesquita, ao contrário, desenvolve-se uma teoria de campos ornamentados, com alusões e subentendidos de lúcida racionalidade geométrica, de arabescos que em sua linearidade essencial e em sua concatenação parecem uma transcrição gráfica do fatalismo determinista islâmico, no qual a realidade é, totalmente, uma grande implicação, uma consequência logicamente imutável de um postulado supremo.

A arquitetura civil contabiliza grandes exemplos nos muros do Cairo, dos palácios de Cuba e Zisa, em Palermo etc. – sob os fatimidas (conquistaram o Egito em 969); imponente eficácia monumental, ampla tolerância decorativa que permite até representações humanas (Capela Palatina de Palermo). Na aristocracia dominante, é notável o gosto heráldico das artes aplicadas, que produzem vasta gama de objetos elaborados, elegantes e de gosto extremamente refinado.

A fase mourisca vai do século XIII ao XV (com o fim do reino de Granada, em 1492); segue depois, até sua expulsão em 1609, o estilo *mudejar* dos artistas e artesãos mouros sob o regime político do império católico espanhol. O monumento mais indicativo é a celebérrima Alhambra (1333-1391), testemunha de um ápice estilístico da técnica decorativa. O Alcázar de Sevilha pertence, por sua vez, ao estilo *mudejar*.

Literatura

Manifestações mais remotas no complexo da poesia pré-islâmica (séculos VI-VII) com rígida métrica quantitativa e de conteúdo celebrativo e descritivo da vida beduína, das disputas entre grupos tribais etc.; valor estético fragmentário. Emergem apenas alguns poetas-personagens bastante díspares.

O *Alcorão* representa literariamente a superação, a antítese, mas também a continuação da produção "do deserto". Ele é composto na mesma língua intertribal, em prosa ritmada e rimada (similar às cadências dos antigos vaticínios e das prescrições rituais). Momentos de poderosa inspiração lírica, de icástica evidência de representação, de emotividade concentrada e exaltada, alternam-se a tratamentos normativos e de didática aridez. A irregularidade e a incoerência estilística não incidem, porém, sobre a enorme influência exercida sobre toda uma literatura posterior.

Relativamente independente é a poesia (principal e quase única forma expressiva da era omíada – séculos VII-VIII), na qual, além das tradicionais formas épico-descritivas, observa-se o surgimento de uma produção inspirada na temática amorosa (poesia galante, poesia sentimental e patética).

O final da época omíada e o início da época abássida (séculos VIII-IX) são marcados pela crise e substancial desaparecimento da sociedade tribal-nômade e pela consecutiva passagem a um urbanismo com influências iranianas (e, portanto, com novas estruturas econômicas e políticas = califado). Afirma-se assim uma nova poesia, contemplativa, hedonista, às vezes báquica e "parnasiana" – cujo expoente teórico mais ilustre é o original Abu Nuwas (morto por volta de 813).

Sobrevém, no entanto, uma reação classicista (com Al-Mutanabbi – século X), cuja obra influencia a produção subsequente, na qual as únicas notas de originalidade que escapam do antipoético e doutrinário intelectualismo dominante são verificadas na lírica árabe-hispânica (com as formas estróficas que representam os prováveis antepassados da lírica românica = *muwashshah* e *zagial*) e em algum poeta isolado.

Segue-se um esgotamento formal e dogmático da poesia árabe até as tentativas de renovação contemporâneas.

A prosa é mais interessante. O seu florescimento já se mostra pleno e relevante na época abássida (séculos VIII-IX), quando *a língua árabe se torna meio expressivo de estudiosos de todas as origens* (como o grego e o latim em outra época).

Florescem os estudos filosóficos em pesquisas amplas e aprofundadas em todos os campos do saber, de modo que os cultores da filosofia árabe parecem antecipar elementos do humanismo.

Trata-se substancialmente de comentaristas, mas suas glosas vão muito além de um puro interesse histórico-filológico, formando uma notável base de comunicação e comparação entre as várias tendências tomadas em exame e conferindo ao pensamento árabe uma fisionomia acentuadamente eclética (sua versatilidade evoca justamente aspectos humanistas). O primeiro comentarista é Kindi, comentador de Aristóteles e tradutor de Plotino. Particularmente importantes são o persa Avicena (Ibn Sina) e Averróes (Ibn Rush). Este último tentou reinterpretar Aristóteles à luz de uma crítica histórica mais fidedigna, separando o seu pensamento original das contaminações ecléticas que havia sofrido nas reelaborações e divulgações árabes. O seu "humanismo" revela-se ainda em sua posição polêmica em relação à ortodoxia maometana oficial (criação racionalista à atitude dogmática de quem desejava a filosofia "serva da teologia").

Grande foi também o desenvolvimento da prosa científica. O Ocidente aprendeu o uso dos algarismos (ditos arábicos, mesmo se provenientes da Índia) por meio do livro (traduzido para o latim no século XII) *Algoritmi de numero Indorum,* do matemático e astrônomo Al-Khwarizmi (publicado em torno de 830). O mesmo autor escreveu um tratado de álgebra que foi usado como texto no Ocidente até o século XVI.

Os contatos com a civilização indiana e persa favoreceram o surgimento de novos gêneros e produtos literários (fabulística, narrativa – as partes mais antigas das *Mil e uma noites*).

Surge também a historiografia (que, a partir da crônica e da hagiografia, assume um alcance mais amplo e uma profundidade maior). Os mais insignes representantes foram Balasuri, Ibn Abu Taifur (de Bagdá) e o persa At-Tabri, que compôs um vasto e muito importante tratado de história geral.

Por fim, a geografia descritiva, a jurisprudência, o antiquariato, a bibliografia. O persa Sibawayh compôs uma gramática árabe que serviu de base às sucessivas.

Ciências

Os trabalhos de tradução e de comentário explicativo tiveram grande importância para os estudos históricos, críticos e filológicos, sobretudo porque demonstram o espírito eclético e indagador do pensamento árabe (que, por alguns aspectos, parece preludiar algumas atitudes do humanismo). A amplitude da atividade de versão e adaptação dos árabes foi tal, que eles chegaram a conhecer não apenas os grandes teóricos das ciências exatas, como também os matemáticos e os astrônomos gregos de segunda ordem.

Todo esse patrimônio de erudição determinou um contínuo confronto, uma pesquisa fundamentada em materiais e textos cada vez mais abundantes.

Em uma primeira fase de assimilação e de elaboração, os árabes consideraram grandemente o patrimônio cultural acumulado nos grandes centros de civilização do Irã e do Iraque, onde já encontraram numerosas versões sírias e persas das mais importantes obras gregas e também, especialmente no Irã, versões de textos científicos provenientes da Índia.

Particularmente útil foi a influência indiana para o desenvolvimento de um sistema de numeração muito mais apropriado que o grego e o romano. Também a introdução de novos métodos matemáticos (que depois os árabes chamaram álgebra) fez-se remontar ao estudo dos textos indianos. É de se notar que mesmo o sistema posicional da escrita dos números e o uso do zero podem ser retraçados nos textos indianos precedentes à introdução dessas novidades por parte dos árabes. O mesmo acontece com o que diz respeito à trigonometria e ao conceito de seno.

Naturalmente, é difícil precisar em que medida os estudiosos árabes aproveitaram noções aprendidas desse modo, em que medida souberam elaborá-las de modo autônomo e em que medida acrescentaram a isso sua contribuição original. É certo, porém, que em breve passagem de tempo a matemática e a astronomia árabe começaram a florescer de uma maneira espontânea.

O primeiro impulso recebido da ciência árabe foi o que veio da instituição da Casa da Sabedoria em Bagdá, com uma biblioteca que chegou a contar 400 mil volumes, e um observatório astronômico especificamente construído para a medição da eclíptica (inclinação estabelecida em 23 graus e 33 primos). Mais uma tarefa confiada ao observatório foi a preparação das tabelas dos movimentos dos planetas. Outro feito dos estudiosos de Bagdá foi representado por uma série de trabalhos geográficos, especialmente a elaboração de um grande mapa e a medição do arco de meridiano em vista da medida precisa da grandeza da Terra, a primeira grande operação geodésica depois da de Eratóstenes.

O matemático e astrônomo Al-Khwarizmi deixou uma significativa tabela para a investigação dos fenômenos celestes e, fundamentalmente, seu tratado de aritmética e o manual de álgebra.

Outro ramo aprofundado pelos árabes foi a trigonometria, onde foram introduzidos os conceitos de seno, de tangente, de cosseno e cotangente.

Muito conhecidos são os escritos de alquimia árabe, aos quais deram sua contribuição alguns grandes estudiosos como o famoso médico persa Al-Rhazis. De fato, a alquimia já havia conhecido um grande florescimento na Síria, no Irã e no Egito. E, na realidade, a obra de Rhazis restitui a alquimia às suas origens de prontuário de receitas técnicas, com uma concepção mais científica, que aproxima a química da farmacologia.

Os três maiores nomes da ciência árabe na época de seu máximo esplendor são os do iraquiano Alhazen, do afegão Al-Biruni e do persa Avicena.

Alhazen deixou obras de astronomia que tiveram grande influência e um tratado de óptica no qual se inspiraram, entre outros, Roger Bacon e Kepler. Também os seus trabalhos de matemática e geometria apresentam aspectos de extremo interesse.

Al-Biruni deixou uma obra monumental sobre a Índia, um livro de história dos povos orientais, e se ocupou de problemas de matemática, geometria, física, geografia e medicina.

Avicena, filósofo e matemático de importância primordial, dedicou-se especialmente às ciências biológicas, e por todos os séculos, do XII ao XVII, foi considerado na Europa um guia fundamental para a medicina.

Outros sumos representantes da ciência médica foram Averróes e o persa Al-Rhazis, famoso por suas descobertas no campo da cirurgia.

Averróes, juntamente com o judeu Maimônides, representa o último grande esplendor da ciência islâmica (ambos filósofos e médicos). O primeiro com o seu *Almagesto* e o segundo com o seu *Guia dos perplexos*.

Conclusão: a civilização árabe deu o exemplo de uma notável capacidade administrativa, de prosperidade econômica, de esplendor nas cidades e nas cortes, de excelência na indústria e no artesanato, de habilidade na agricultura e, enfim, de desenvolvimento e autoridade da cultura – representando o patrimônio confiado pelos árabes à Europa e ao mundo.

Filmografia completa de Roberto Rossellini

por Renzo Rossellini

A coragem de
Roberto Rossellini

A pergunta que eu mais escutei me fazerem em congressos, mesas redondas ou entrevistas a respeito do cinema de Roberto Rossellini foi: "Qual filme dele você prefere?", e eu sempre respondi: "A coragem que ele sempre demonstrou através de toda a sua obra!".

Meu pai dedicou sua vida inteira a criar filmes úteis, não belos. Sua busca sempre foi dedicada à pesquisa de "uma estética do justo", não de "uma estética do belo". Com essa finalidade, ele colocou o ser humano no centro de sua busca, adaptando estilos expressivos novos e diferentes entre si de acordo com o tema tratado. Esse seu deslocamento através de estilos e linguagens confundiu a crítica, tornando-o objeto de ataques, insultos e intimidações que pretendiam reconduzi-lo àquele que os outros acreditavam ser "o seu caminho certo". Meu pai, com teimosia e uma enorme coragem, trilhava o "caminho dele", que foi, muitas vezes, um caminho difícil e cansativo. Essa sua obstinação o transformou em um homem solitário e menosprezado. Por isso, não há um filme que eu prefira, porque nenhum de seus filmes pode ser isolado de sua obra completa. É preciso também ter a coragem de dizer que nem todos os seus filmes são obras-primas perfeitamente bem-sucedidas. Muitos deles eram experimentos necessários ao seu crescimento, "provas de autor".

Para eu me explicar melhor, frequentemente tomo como exemplo Leonardo da Vinci: a *Monalisa*, a *Virgem dos Rochedos* ou *A última ceia* são obras completas que ele não poderia ter realizado sem os escritos e os esboços de seus *Códices*. Assim, entre os filmes de Rossellini, há alguns que são como os *Códices* de Leonardo, outros que são o resultado obtido a partir daquelas provas e daqueles estudos.

Para entender melhor o percurso que o meu pai realizou, a cem anos de seu nascimento e a trinta da sua morte, quero tentar fazer algo novo: reconstruir uma filmografia rosselliniana que inclua também as obras e os projetos não realizados. Para cada filme, escrevi uma ficha, que não representa uma análise minha, mas reflete o que meu pai me contou, suas motivações e razões profundas. Em cada ficha vou procurar explicar como aquele determinado filme teve uma função de articulação em relação ao seguinte. Com frequência, não apenas um filme, mas toda uma direção teatral ou os estudos preparatórios para um projeto não realizado tiveram uma função de articulação em relação ao filme seguinte. Um exemplo para todos: sem o seu *Pulcinella* (não realizado), não teria existido *O Absolutismo – A ascensão de Luís XIV*. Mas também devo confessar que, muito amiúde, eu mesmo me senti aturdido diante dos filmes do meu pai. Sempre atribuí esse meu aturdimento a uma estranha e invertida diferença de gerações: de nós dois, eu era o mais velho, ele, o mais jovem.

Roma, abril de 2007.

Dafne (1936)
La Vispa Teresa[1] (1939)

Não se encontram traços desses dois documentários, apenas os contratos junto à Scalera Film. É possível que Rossellini tenha recebido adiantamentos para documentários que, depois, não foram efetivamente produzidos. Ele negava tê-los realizado.

> *Duração*: 7'15"; *Fotografia*: Mario Bava;
> *Música*: Simone Cuccia; *Produção*: Scalera.

---

[1] Trata-se de um dos filmes de Rossellini com personagens animais. O título, que pode ser traduzido literalmente por "A vivaz Teresa", traz um jogo de palavras: a personagem Teresa é uma *vespa vispa*, ou seja, uma vespa vivaz. (N. T.)

Prélude à l'après-midi d'un faune (1937)

Primeiro documentário experimental no qual as imagens brincam com a música e vice-versa: o mesmo experimento é repetido no último documentário realizado por Rossellini, em 1977, *Concerto per Michelangelo* [Concerto para Michelangelo].

Il tacchino prepotente[2] (1939)*
Fantasia sottomarina[3] (1940)**

São os primeiros documentários de Roberto Rossellini, que anteriormente havia trabalhado no cinema apenas como sonoplasta ou como "negro" (roteirista que trabalha sem receber os créditos).

Ambos os documentários representam, através da metáfora orweliana dos animais – um galinheiro no primeiro caso, o mundo dos peixes no segundo –, a prevaricação dos mais fortes e a prepotência. Uma metáfora sobre o fascismo, portanto! Em 1939 e 1940 teria sido impossível exprimir as próprias ideias diretamente.

* *Duração*: 7'15"; *Fotografia*: Mario Bava; *Música*: Maria Strino; *Produção*: Scalera.
** *Duração*: 10'27"; *Argumento*: Roberto Rossellini; *Assistente de direção*: Marcella De Marchis; *Fotografia*: Rodolfo Lombardi; *Produção*: Incom (Industrie Cortometraggi Società Anonima Italiana).

---

[2] Literalmente, "O peru prepotente". (N. T.)
[3] Literalmente, "Fantasia submarina". (N. T.)

La nave bianca[4] (1942)

Os três filmes rodados por meu pai durante a guerra, *La nave bianca*, *Un pilota ritorna* [Um piloto retorna], *L'uomo dalla Croce* [O homem da cruz], foram denominados por alguns críticos "a trilogia da guerra fascista". São três filmes realizados no decorrer da guerra e sob o controle do Ministério da Guerra, mas todos os três, inequivocamente, são filmes contra a guerra. Este, *La nave bianca*, é o primeiro longa-metragem que traz a assinatura de Roberto Rossellini para a direção. Anteriormente, Rossellini havia assinado apenas documentários. Ele provavelmente foi contratado pelo diretor Goffredo Alessandrini, originalmente o titular da direção do filme, para realizar as tomadas documentais do navio-hospital (navio branco). O filme de Alessandrini devia ser um filme de amor entre um marinheiro e uma enfermeira da Cruz Vermelha. No entanto, uma vez concluída a edição, a história de amor havia quase desaparecido e a parte mais importante tinha se tornado aquela documental, rodada a bordo do navio-hospital pelo meu pai. Alessandrini, sem polemizar, decidiu retirar a assinatura da direção e deixá-la a Roberto Rossellini.

Duração: 84'/70'52"; *Roteiro*: Francesco de Robertis, Roberto Rossellini; *Argumento*: Francesco De Robertis; *Fotografia*: Giuseppe Caracciolo; *Edição*: Eraldo Da Roma; *Música*: Renzo Rossellini; *Produção*: Scalera / Centro Cinematografico del Ministero della Marina; *Elenco*: atores amadores.

---

[4] Literalmente, "O navio branco". (N. T.)

Un pilota ritorna (1942)

Este segundo filme da "trilogia da guerra fascista" não tem necessidade de censor, como acontecerá no subsequente *L'uomo dalla croce*. De fato, *Un pilota ritorna* é extraído de um argumento de Tito Silvio Mursino, pseudônimo de Vittorio Mussolini, o filho do *duce*, que dirige uma revista de cinema, *Cinema*, para a qual escrevem os irmãos Puccini, Michelangelo Antonioni, Carlo Lizzani e também meu pai. Por meio da Anonima Cinematografica Italiana (ACI), Vittorio Mussolini foi também o produtor de *Un pilota ritorna*, e Michelangelo Antonioni assinou o roteiro. No precedente *La nave bianca* já se entreveem escolhas neorrealistas, como a ausência de atores profissionais, enquanto neste, *Un pilota ritorna*, atua um ator profissional como Massimo Girotti. Não se pode contestar que os comitentes dessa "trilogia da guerra fascista" tivessem objetivos propagandistas. Observe, porém, como meu pai, apesar do controle da censura, conseguiu fazer dele um filme intimamente contrário à guerra.

Duração: 85'/80'23"/83'; *Roteiro*: Rosario Leone (Michelangelo Antonioni, Gianni Puccini, Otello Martelli, Roberto Rossellini); *Argumento*: Tito Silvio Mursino; *Assistente de direção*: Paolo Moffa; *Fotografia*: Vincenzo Seratrice; *Edição*: Eraldo Da Roma; *Música*: Renzo Rossellini; *Produção*: ACI (Anonima Cinematografica Italiana); *Elenco*: Massimo Girotti, Michela Belmonte, Gaetano Masier, Piero Lulli, Nino Brondello, Giovanni Valdambrini.

L'uomo dalla croce (1943)

L'uomo dalla croce é um filme de 1942-43, realizado em plena guerra, em um período no qual os diretores não eram livres, mas, pelo contrário, tinham sempre um censor do regime controlando o filme. Os censores tinham a vaidade de aparecer nos letreiros de abertura dos filmes. O censor de *L'uomo dalla croce*, Asvero Gravelli, aparece tanto como argumentista quanto como roteirista do filme. Gravelli adquire o direito de censurar um filme de Roberto Rossellini pelos méritos conquistados como jornalista e diretor de duas revistas do governo como *Gioventù fascista* e *Antieuropa*.

As marcas do censor encontram-se, sobretudo, nos diálogos do filme, enquanto as imagens, em sua simplicidade, revelam a caligrafia rosselliniana, que será reencontrada também nos filmes do período neorrealista. Mas um filme é igualmente narrado por imagens, não apenas pelo diálogo. Saber atribuir o que é de Rossellini a Rossellini e o que é do censor Gravelli a Gravelli ajuda a entender o que era um filme realizado em 1942, quando a Itália estava em guerra e o fascismo usava o cinema para fazer propaganda, procurando esconder que estava perdendo a guerra.

L'uomo dalla croce, ambientado na Rússia, foi totalmente rodado na Itália, a poucos quilômetros de Roma, em Ladispoli, onde a família Rossellini possuía uma casa de campo. O filme foi lançado em 15 de junho de 1943 e permaneceu nas salas por poucos dias, porque em 25 de julho o fascismo caía, depois desembarcaram os exércitos aliados, e o interior da Rússia, sobre o qual se falava no filme, revelava-se uma derrota. Este filme, como vimos, é o último de uma trilogia e, juntamente com *La nave bianca* e *Un pilota ritorna*, faz parte daquela que meu pai definia como "a trilogia da guerra fascista".

Duração: 77'06"/74'; *Roteiro*: Asvero Gravelli, Alberto Consiglio, G. D'Alicandro, Roberto Rossellini; *Argumento*: Mariano Cafiero, Franco Pompili; *Assistente de direção*: Giuseppe De Santis; *Fotografia*: Rodolfo Lombardi, Aurelio Attili; *Edição*: Eraldo Da Roma; *Música*: Renzo Rossellini; *Produção*: Continentalcine-Cines; *Elenco*: Alberto Tavazzi, Roswitha Schmidt, Attilio Dottesio, Antonio Marietti.

Roma città aperta (1945)

O fascismo caíra havia dois anos (25 de julho de 1943), a Itália foi dividida em duas, o sul foi libertado pelas forças aliadas, o norte ainda estava ocupado pelos alemães e era governado pelos fascistas. É nesse clima de destruição material e moral, quando toda a Itália foi libertada depois de vinte anos de censura fascista, que nasce a ideia de fazer um filme sobre Roma nos tempos da ocupação nazista. A necessidade de olhar para trás a fim de refletir e entender, mas, sobretudo, a madura consciência de que o cinema, livre da sua função de instrumento de propaganda, pode desenvolver uma função de pacificação dos ânimos e contribuir para recriar uma cultura da paz.

Fazer um filme em 1945, depois de anos de guerra, acarretava muitos problemas técnicos: as indústrias tinham se convertido à produção de produtos bélicos, na Itália não se fabricava mais a película, os estúdios da Cinecittà estavam ocupados pelos muitos refugiados que os bombardeios de Roma tinham provocado. Assim, decidiu-se rodar o filme em ambiente real – pois muitos atores tinham seguido o governo fascista da República de Salò, que havia recriado a indústria cinematográfica em Veneza – e usar atores selecionados nas ruas, salvo os poucos que faziam teatro em Roma (Anna Magnani, Aldo Fabrizi). Procurou-se comprar a pouca película conservada pelos fotógrafos usuários das máquinas fotográficas Laika para retratar os soldados aliados diante dos monumentos romanos, mas seu estoque de material era pequeno, jamais com películas muito longas. Era impossível fazer duas tomadas da mesma cena, e a duração das próprias cenas era condicionada pelo comprimento da película disponível. A soma dessas soluções aos problemas criou uma linguagem e uma estética definidas pelos críticos como "neorrealismo".

Em 1945, meu pai não se colocava objetivos estéticos, mas sim éticos e morais. Depois de vinte anos de censura imposta pelo regime fascista, um espontâneo grito de liberdade foi dado pelos intelectuais, escritores, poetas, pintores e *filmmakers* finalmente livres. Isso foi o neorrealismo, um "grito espontâneo de liberdade". Meu pai fez "filmes de guerra" no pós-guerra, voltou ao mesmo tema também no final dos anos 1950 e no início dos anos 1960. São todos "filmes contra a guerra" que expressavam sua utopia de um mundo finalmente em paz. É nesse espírito que [*Roma, città aperta*] é interpretado; nesse sentido, é compreensível por que no filme possuem o mesmo peso um militante comunista e um padre. Um filme ético, que se esforça para recolocar juntas as peças de um quebra-cabeça enlouquecido que era a Itália de 1945. De acordo com Roberto Rossellini, não havia como fazer outra coisa: "Naquele momento, a minha pesquisa era a de uma estética do justo, não de uma estética do belo; um esforço para sair da tragédia".

Duração: 103'/106'/108'/100'/104'; *Roteiro*: Sergio Amidei, Federico Fellini; *Argumento*: Sergio Amidei, Alberto Consiglio; *Assistentes de direção*: Sergio Amidei, Federico Fellini, Mario Chiari, Alberto Manni, Bruno Todini; *Fotografia*: Ubaldo Arata; *Edição*: Eraldo Da Roma; *Música*: Renzo Rossellini; *Produção*: Excelsa Film (Chiara Politi, CIS-Nettunia; Peppino Amato; Aldo Venturini); *Elenco*: Marcello Pagliero, Aldo Fabrizi, Anna Magnani, Harry Feist, Francesco Grandjacquet, Maria Michi.

Desiderio[5] (1946)

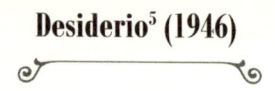

Era 1943 quando Roberto Rossellini começou a realizar as tomadas do filme *Scalo merci*[6], ambientado nas proximidades do terminal ferroviário de San Lorenzo, em Roma. As filmagens foram bruscamente interrompidas pelos bombardeios, que tiveram como alvo justamente o bairro de San Lorenzo, no entorno do terminal ferroviário. Com a interrupção das tomadas, nós nos transferimos com toda a família para as montanhas de Abruzzo em Tagliacozzo, aonde logo chegaram outros refugiados vindos de Roma, entre os quais Lucchino Visconti e seu cenógrafo Mario Chiari. Terminada a guerra, o filme foi concluído por Marcello Pagliero, que tinha interpretado o militante comunista (o inglês Manfredi) em *Roma, cidade aberta*. O filme saiu com o título de *Desiderio*, e meu pai retirou sua assinatura porque aquele filme não tinha nada a ver com o seu *Scalo merci*. Em *Desiderio* há ainda uma cena de nudez da atriz Elli Parvo, cena não rodada por Rossellini. Meu pai em toda a sua carreira jamais filmou uma cena de nudez. Ele amava as mulheres e dizia: "Não dá para amar quem a gente não valoriza e nem humilhar quem a gente ama!".

Duração: 78'50"; *Direção*: Roberto Rossellini, Marcello Pagliero; *Roteiro*: Rosario Leone, Giuseppe De Santis, Roberto Rossellini, Diego Calcagno (Marcello Pagliero, Guglielmo Santangelo); *Argumento*: Anna Benvenuti; *Assistente de direção*: Giuseppe De Santis; *Fotografia*: Rodolfo Lombardi (com Roberto Rossellini), Ugo Lombardi (com Marcello Pagliero); *Edição*: Eraldo Da Roma; *Música*: Renzo Rossellini; *Produção*: Produttori Associati-Imperator-Sovrania (com Rossellini), Società Anonima Film Italiani Roma (com Pagliero); *Elenco*: Elli Parvo, Massimo Girotti, Carlo Ninchi, Roswitha Schmidt, Francesco Grandjacquet.

---

[5] Literalmente, "Desejo". (N. T.)

[6] A expressão indica uma plataforma para manejo de mercadorias. (N. T.)

Paisà (1946)

"Paisà!", assim se saudavam os ítalo-americanos ao se encontrarem no Brooklyn, assim os soldados ítalo-americanos saudavam os italianos ao encontrá-los.

Paisà é um filme que, em seis episódios, narra a libertação do sul ao norte da Itália. É o segundo filme depois de *Roma, cidade aberta* no qual Federico Fellini colabora com meu pai como roteirista, uma colaboração que continuará por outros quatro anos, até 1950, ano em que Fellini vai estrear como diretor.

É preciso lembrar que *Roma, cidade aberta* também devia ser um filme em episódios, mas, na etapa de pós-produção, vários produtores obrigaram meu pai a fazer um filme unitário. Depois do sucesso de *Roma, cidade aberta*, Rod Geiger, que tinha adquirido a película para os Estados Unidos, decidiu produzir o próximo filme de meu pai, dando-lhe a liberdade para realizá-lo como quisesse, inclusive em episódios. *Paisà* foi o primeiro filme em que Rossellini pôde estar finalmente livre tanto de restrições de censura quanto de problemas produtivos.

Mas na vida privada de meu pai aconteceu algo que o transformou de forma radical: em 14 de agosto de 1946, seu filho primogênito, meu irmão Romano, morreu repentinamente. Foi com esse luto no coração que meu pai, em poucos dias, teve que ir apresentar *Paisà* no festival de Veneza. Eu não teria contado esse episódio da vida pessoal de meu pai se isso não servisse para ajudar a entender a evolução em sua arte. Existe um Rossellini de "antes de 14 de agosto de 1946" e um Roberto Rossellini de "depois de 14 de agosto de 1946".

Duração: 134'/126'31"/120'/116'; *Roteiro*: Sergio Amidei, Klaus Mann, Federico Fellini, Alfred Hayes, Marcello Pagliero, Rossellini, Rod Geiger (Vasco Pratolini); *Assistentes de direção*: Federico Fellini, Massimo Mida, Renzo Avanzo, Vercours, Basilio Franchina, E. Handamir; *Fotografia*: Otello Martelli; *Edição*: Andrea Da Roma; *Música*: Renzo Rossellini; *Produção*: Roberto Rossellini, Rod Geiger para a Organizzazioni Film Internazionali; *Elenco*: Carmela Sazio, Leonard Penish, Alfonsino Bovino, Harriet White, Renzo Avanzo, Gar Moore.

L'Amore (1948)

Este é o segundo e último filme feito por meu pai tendo Anna Magnani como protagonista. Um díptico; duas histórias em um filme. O primeiro dos dois episódios a ser rodado foi *Una voce umana* [Uma voz humana], do monólogo de Jean Cocteau. Provavelmente meu pai e Anna Magnani tinham conhecido Cocteau (um dos fundadores do movimento surrealista) quando estiveram juntos em Paris para apresentar *Roma, cidade aberta* e *Paisà*. Anna Magnani não tivera um papel em *Paisà*, mas, depois da morte do meu irmão Romano, ela nunca deixava meu pai viajar sozinho, porque ele estava deprimido demais, e ela tinha medo de que se suicidasse. Foi talvez também para reparar a ausência de Anna Magnani em *Paisà* que encontraram um produtor francês, uma companhia francesa, e rodaram, em Paris, sua versão cinematográfica de *Une voix humaine*. Só quando terminaram as filmagens e a edição é que se deram conta de que era curto demais para ser um filme autônomo. Foi então que Federico Fellini, que naquele tempo era assistente de direção de meu pai, propôs acrescentar um segundo episódio, escrito por ele e intitulado *Il Miracolo* [O milagre]. Existe uma anedota em relação a isso: Fellini me contou que no começo ele tinha vergonha de confessar que o argumento de *Il Miracolo* tinha sido ideia dele, e então disse a meu pai que era obra de um escritor russo desconhecido. Em *Il Miracolo*, Fellini pela primeira vez assume o papel de ator, e foi provavelmente durante as filmagens que meu pai recebeu de Los Angeles a famosa carta de Ingrid Bergman que lhe oferecia seu trabalho como atriz. A partir daquele momento, teve início a aventura de *Stromboli* e uma nova fase do cinema e da vida de Roberto Rossellini.

Duração: 35'; *Roteiro*: Roberto Rossellini; *Argumento*: do texto de Jean Cocteau *Une voix humaine* (1930); *Assistente de direção*: Basilio Franchina; *Fotografia*: Robert Juillard; *Edição*: Eraldo Da Roma; *Música*: Renzo Rossellini; *Produção*: Roberto Rossellini; *Elenco*: Anna Magnani.

Germania anno zero (1948)

Na mitologia rosselliniana é convencionalmente difundida a opinião de que Roberto Rossellini improvisava seus filmes sem escrever os roteiros.

Na realidade, nos papéis organizados da Fondazione Roberto Rossellini, que eu presido, existem 16 mil páginas escritas por ele, anotações sobre filmes em preparação que não são verdadeiros roteiros, mas ensaios filosóficos, sociológicos ou históricos que têm por tema o projeto que ele queria realizar. Sobre [*Germania anno zero*], eu encontrei muitos escritos sob dois títulos diferentes, *Alemanha, ano zero* e *L'anno zero della Germania*[7]. No primeiro grupo encontrei anotações para um filme em episódios, como *Paisà*. No segundo, um longo ensaio sobre a *pietas* para os vencidos como premissa para a paz. Piedade como instrumento para esquecer o ódio. Muito provavelmente sob a influência do luto pela morte do filho primogênito, Romano, em todos os dois grupos o personagem principal é um menino que, no fim, na Berlim destruída, se suicida. E esse será o último dos filmes do período neorrealista. Depois de *Alemanha, ano zero*, como se sentisse ter concluído uma tarefa, meu pai volta sua pesquisa expressiva para outros lugares.

Mas, neste ponto, é bom dizer o que meu pai me explicou quando lhe perguntei por que motivo ele havia concebido muitos de seus filmes, no início, como filmes em episódios. Ele me respondeu que o primeiro impulso era o de desenvolver uma temática e que, encontrando dificuldades para contê-la em uma única história, pensava em várias narrativas. Não podendo fazer vários filmes que desenvolvessem o mesmo tema, contentava-se com a

---

[7] O ano zero da Alemanha. (N. T.)

forma do filme em episódios. Disse-me ainda que a necessidade dessa fórmula se exauriu após *Alemanha, ano zero*, e teria sido reapresentada na ocasião da viagem à Índia.

Duração: 72'/79'; *Roteiro*: Roberto Rossellini, Carlo Lizzani (Max Colpet); *Argumento*: Roberto Rossellini a partir de uma ideia de Basilio Franchina; *Assistentes de direção*: Carlo Lizzani, Max Colpet (Franz Treuberg); *Fotografia*: Robert Juillard; *Edição*: Anne-Marie Findeisen (versão italiana: Eraldo Da Roma); *Música*: Renzo Rossellini; *Produção*: Tevere Film (Rossellini e Alfredo Guarini, em colaboração com Salvo d'Angelo), SAFDI, Berlim; *Elenco*: Edmund Meschke, Ernst Pittschau, Ingetraud Hintze, Franz Kaiger, Erich Gilline, Jo Herbst, Christl Merker.

Stromboli (1950)

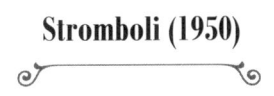

Roberto Rossellini e Luchino Visconti eram parentes distantes e amigos. Um primo de primeiro grau do meu pai, Renzo Avanzo, casou-se com a irmã mais nova de Luchino Visconti.

Durante a Segunda Guerra Mundial, depois dos primeiros bombardeios de Roma, fomos todos viver no interior, nas montanhas de Abruzzo, em Tagliacozzo.

Neste período de vida em comum, estou certo de que Rossellini e Visconti, nas noites passadas diante de uma lareira, tenham falado longamente sobre cultura e cinema. Não existe um manifesto do neorrealismo, como existe o do Futurismo, mas tenho certeza de que muito do futuro do cinema italiano nasceu diante daquela lareira de Tagliacozzo. Se existem semelhanças remotas entre *La terra trema* [*A terra treme*], de Luchino Visconti, e *Stromboli*, entre *Il Gattopardo* [*O Leopardo*] e *Viva l'Italia!* [Viva a Itália!], é porque, além de serem contemporâneos (ambos nascidos em 1906), entre Rossellini e Visconti há muitas outras coisas em comum.

Stromboli é o primeiro filme dirigido por meu pai e interpretado por Ingrid Bergman. Um filme que descreve o constrangimento e as dificuldades do encontro/desencontro entre culturas diferentes, mas também o constrangimento de quem é vítima dos preconceitos. Um grande retrato de mulher.

Roberto Rossellini realizou muitos filmes com protagonistas femininas, mas, diferentemente de seus outros colegas italianos, jamais fez uma tomada de uma mulher nua, como "objeto sexual". As mulheres dos filmes do meu pai são sempre representadas como veículos de inteligência e de sentimentos humanos.

Duração: 105'/106'/100'; *Roteiro*: Sergio Amidei, Gian Paolo Callegari, Renzo Cesana, Art Cohn; *Argumento*: Roberto Rossellini; *Assistente de direção*: Marcello Caracciolo Di Laurino; *Fotografia*: Otello Martelli; *Edição*: Jolanda Benvenuti, Roland Gross; *Música*: Renzo Rossellini; *Produção*: Berit Film (Ingrid Bergman-Roberto Rossellini-RKO); *Elenco*: Ingrid Bergman, Mario Vitale, Renzo Cesana, Mario Sponza, Roberto Onorati.

Francesco, giullare di Dio[8] (1950)

Este é o último filme nascido da colaboração entre Roberto Rossellini e Federico Fellini, colaboração iniciada cinco anos antes, em 1945, com *Roma, cidade aberta*. Este filme de 1950 é sobre o santo dos pobres. A escolha de rodar um filme sobre São Francisco e seus Fraticelli[9] em 1950, primeiro Ano Santo, jubileu de toda a cristandade do pós-guerra, foi vista pela Igreja como uma provocação. Um filme sobre a santidade foi tratado como um filme pornográfico pela censura, e muitos cortes foram exigidos: um episódio inteiro e cinco minutos do prólogo inicial. O episódio cortado é aquele em que São Francisco converte uma prostituta. O prólogo era a representação do mundo antes da chegada de Francisco, ilustrado por meio de afrescos de grandes pintores como Giotto e Cimabue.

Sim, em 1950 existia censura cinematográfica preventiva, organismo que ainda hoje é vigente na Itália. Durante anos procurei esses cortes para reintegrá-los à versão restaurada do filme, mas sem sucesso para o episódio da prostituta. No entanto, encontrei na Eastman Foundation de Rochester uma cópia do filme com os cinco minutos do prólogo. Todos os filmes do meu pai foram objeto de violências e manipulações. Eram frequentemente cortados, às vezes sofriam a remontagem da ordem das cenas. No longo trabalho de pesquisa filológica que empreendi preparando o restauro de seus filmes, quase nunca encontrei, nas versões em distribuição do filme, a versão desejada por meu pai. Em alguns casos, por causa dos cortes pretendidos pelo produtor e pelo distribuidor, em

---

[8] *Giullare di Dio* refere-se àquele que entoa cantos de louvor a Deus. (N. T.)
[9] Fradezinhos. (N. T.)

outros, por causa dos cortes da censura. Assim, mesmo um filme sobre a espiritualidade e a santidade, como *Francesco, giullare di Dio* [*O santo dos pobrezinhos*], sofreu a violência da censura.

Duração: 93'/85'/79'/86'; *Roteiro*: Roberto Rossellini, Federico Fellini, Felix Morlion, Antonio Lisandrini (Brunello Rondi, Alberto Maisano); *Argumento*: Roberto Rossellini, extraído de *I fioretti di San Francesco* e *La Vita di Ginepro*; *Assistentes de direção*: Marcello Caracciolo Di Laurino, Brunello Rondi; *Fotografia*: Otello Martelli; *Edição*: Jolanda Benvenuti; *Música*: Renzo Rossellini; *Produção*: Angelo Rizzoli para Cineritz; *Elenco*: Aldo Fabrizi, Arabella Lemaitre, atores amadores.

I sette peccati capitali, episodio L'invidia[10] (1952)

L'invidia, episódio de Roberto Rossellini do filme coletivo *I sette peccati capitali* [Os sete pecados capitais], é extraído da narrativa da escritora Colette, *La Chatte* [A gata]. Um pintor, Orfeo Tamburi, ama mais a sua gata que sua amante. A amante enciumada tenta matar a gata fazendo-a cair da sacada do ateliê do pintor. Mas os gatos têm sete vidas, a gata se salva e a amante é escorraçada. Os outros seis episódios são: *La lussuria* [A luxúria] de Yves Allégret, *L'orgoglio* [O orgulho] de Claude Autant-Lara, *L'avarizia* [A avareza] de Eduardo de Filippo, *La gola* [A gula] de Carlo Rim, *La pigrizia* [A preguiça] de Jean Dréville, *L'accidia* [A preguiça] de Georges Lacombe[11].

> *Duração*: 21'; *Roteiro*: Roberto Rossellini, Diego Fabbri, Liana Ferri, Turi Vasile, Antonio Pietrangeli; *Argumento*: do conto *La Chatte* (1933) de Colette; *Assistente de direção*: Antonio Pietrangeli; *Fotografia*: Enzo Serafin; *Edição*: Louisette Hautecoeur; *Música*: Yves Baudrier; *Produção*: Film Costellazione (Roma)-Franco London Film (Paris); *Elenco*: Orfeo Tamburi, Andrée Debar.

---

[10] Literalmente "Os sete pecados capitais – A inveja". (N. T.)
[11] A tradução está de acordo com o original, porém os sete pecados da série de 1952 são: L'Avarizia, L'Ira, La Lussuria, La Pigrizia, L'Invidia, La Gola e La Superbia. (N. T.)

La Macchina Ammazzacattivi[12] (1952)

Este é o filme com o qual Roberto Rossellini pretende se livrar do rótulo de diretor neorrealista, que o fazia sentir-se prisioneiro em um esquema do qual desejava sair. E sai desse esquema "batendo a porta" sonoramente, realizando um filme de fábula, de fantasia.

Mesmo estando livre da necessidade de fantasiar, Rossellini realiza uma fábula moral. Um apólogo que lhe dá a possibilidade de exprimir julgamentos éticos. Escolhe rodar o filme na costa amalfitana, onde realizou dois episódios de *Paisà*, o episódio *Il Miracolo* [O milagre] do filme *L'Amore* [O amor] e onde devia rodar a cena final de *Viaggio in Italia* [*Viagem à Itália*].

Os lugares onde rodar um filme eram tão importantes para o meu pai como eram importantes o fundo de um quadro para um pintor renascentista. Os lugares como fonte de inspiração, mas também as pessoas que habitam aqueles lugares. Assim, este filme, que devia representar o adeus do meu pai ao neorrealismo, contém todos os componentes dos filmes neorrealistas: nada de estúdios, rodado em ambientes reais, atores saídos das ruas. Mas estou certo de que *La Macchina Ammazzacattivi*, um dos muitos "filmes menores" de Rossellini, foi importante para o seu crescimento expressivo e o preparou para as experiências posteriores.

Duração: 83'; *Roteiro*: Sergio Amidei, Giancarlo Vigorelli, Franco Brusati, Liana Ferri (Roberto Rossellini); *Argumento*: Eduardo De Filippo, Fabrizio Sarazani; *Assistentes de direção*: Otello Martelli, Renzo Avanzo; *Fotografia*: Tino Santoni; *Edição*: Jolanda Benvenuti; *Música*: Renzo Rossellini; *Produção*: Roberto Rossellini para Tevere Film, Luigi Rovere para Universalia, Rudolph Solmsen; *Elenco*: Gennaro Pisano, Giovanni Amato, Marilyn Buferd, Joe Falletta, Bill Tubbs, Helen Tubbs.

---
[12] Literalmente, "A máquina de matar os maus".

Europa '51[13] (1952)

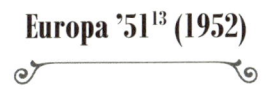

Não se pode ver este filme independentemente do contexto da filmografia completa de Roberto Rossellini. *Europa '51* começa com o suicídio de um menino, assim como *Alemanha, ano zero* termina com o suicídio de um menino. Em uma hipotética enciclopédia rosseliniana dos sentimentos, *Europa '51* viria sob o verbete "o luto". Irene, a protagonista de *Europa '51*, é uma mãe que vive a elaboração do luto de seu filho, mas também do luto de Edmund, de *Alemanha, ano zero*, e de todas as crianças mortas por causa da guerra e de suas consequências. Acho que Irene sofre também pelas crianças de Bagdá, Cabul, Belgrado, e pelas crianças que estão morrendo na África e na Ásia por causa das guerras ou da fome. Esse era Roberto Rossellini, um autor cinematográfico que se empenhava na descrição de grandes sentimentos para além do espaço e do tempo.

Mas também é preciso considerar que *Europa '51* foi filmado em 1951, depois de *Francesco, giullare de Dio*. Os dois filmes estão intimamente ligados. Irene e São Francisco realizam a mesma escolha. Ambos renunciam à sua vida burguesa para dedicar-se aos outros: São Francisco, na Idade Média, fazendo essa escolha, torna-se santo, enquanto Irene, por sua vez, ao buscar a santidade, acaba presa em um manicômio.

Um filme que faz uma crítica sobre o nosso mundo, sobre a nossa civilização, na qual não existe espaço para a generosidade e amor pelo próximo.

---

[13] No Brasil, Europa 51. (N. T.)

Duração: 110'/109'/116'/114'; *Roteiro*: Sandro De Feo, Ivo Perilli, Mario Pannunzio, Brunello Rondi (Jean-Paul Le Chanois, Diego Fabbri, Antonio Pietrangeli); *Argumento*: Roberto Rossellini, Massimo Mida, Antonello Trombadori, Federico Fellini, Tullio Pinelli; *Assistentes de direção*: Antonio Pietrangeli, William Demby, Marcello Caracciolo Di Laurino, Marcello Girosi; *Fotografia*: Aldo Tonti; *Edição*: Jolanda Benvenuti; *Música*: Renzo Rossellini; *Produção*: Carlo Ponti / Dino De Laurentiis; *Elenco*: Ingrid Bergman, Alexander Knox, Ettore Giannini, Giulietta Masina, Sandro Franchina, Teresa Pellai.

Siamo donne, episodio "Ingrid Bergman"[14] (1953)

Na filmografia de Roberto Rossellini, aparecem muitos filmes coletivos, nos quais meu pai realizou apenas um episódio e os demais foram rodados por outros diretores. Eu procuro sempre projetar o filme completo, com todos os episódios, porque um episódio fora de contexto perde o significado.

Diferente dos outros casos, porém, o episódio "Ingrid Bergman" de *Siamo donne* possui autonomia narrativa e também pode ser visto isoladamente. Trata-se de um apólogo sobre a convivência civil. O motivo da contenda é a invasão feita por um frango, que representa o *casus belli* de uma guerra metafórica.

Não acho que o episódio "Ingrid Bergman" de *Siamo donne* seja uma obra-prima da filmografia rosselliniana, mas acredito que seja uma de suas mais metafóricas: a beleza não está no que o filme conta, mas naquilo que quer contar.

Duração: 17'; *Roteiro*: Cesare Zavattini, Luigi Chiarini; *Argumento*: Cesare Zavattini; *Assistente de direção*: Niccolò Ferrari; *Fotografia*: Otello Martelli; *Edição*: Jolanda Benvenuti; *Música*: Alessandro Cicognini; *Produção*: Costellazione (Alfredo Guarini-Titanus); *Elenco*: Ingrid Bergman, Albamaria Setaccioli.

---

[14] Literalmente, "Somos mulheres, episódio 'Ingrid Bergman'". (N. T.)

Dov'è la libertà...?[15] (1954)

Europa '51 e *Dov'è la libertà...?* são dois filmes que deveriam ser vistos juntos. Terminada a guerra e derrubado o fascismo, a Itália está cheia de expectativas de um "Mundo novo e melhor". Não deve causar equívoco o fato de que *Dov'è la libertà...?* é interpretado por Totò, um comediante. De Totò, Roberto Rossellini pegou "o ator" e não o comediante, como anos depois fará Pier Paolo Pasolini.

Em *Dov'è la libertà...?* e *Europa '51* são ilustradas as expectativas traídas do pós-guerra, o sonho de uma Itália imunizada por vinte anos de fascismo e cinco anos de guerra que, em vez disso, não está imunizada. É um país que ainda possui as bactérias violentas do egoísmo e dos preconceitos gerados pelo fascismo; as mulheres ainda são as frágeis vítimas da sociedade civil. O egoísmo domina o comportamento dos seres humanos. São dois filmes desesperados que exprimem desilusão, um julgamento moral negativo sobre o mundo saído da guerra e uma grande preocupação com o futuro da humanidade.

Duração: 91'; *Roteiro*: Vitaliano Brancati, Ennio Flaiano, Antonio Pietrangeli, Vincenzo Talarico; *Argumento*: Roberto Rossellini; *Assistentes de direção*: Marcello Caracciolo Di Laurino, Luigi Giacosi; *Fotografia*: Aldo Tonti, Tonino Delli Colli; *Edição*: Jolanda Benvenuti; *Música*: Renzo Rossellini; *Produção*: Ponti / De Laurentiis / Golden Films; *Elenco*: Totò, Nita Dover, Vera Molnar, Leopoldo Trieste, Giacomo Rondinella, Franca Faldini, Vincenzo Talarico.

---

[15] Literalmente, "Onde está a liberdade?". (N. T.)

Viaggio in Italia (1954)

Jean-Luc Godard disse que existiu um cinema antes e outro depois de [*Viaggio in Italia*] para os diretores da Nouvelle Vague francesa: seu movimento nasceu depois de tê-lo visto, a partir do debate desenvolvido no interior de sua revista, "Les Cahiers du cinéma", após o lançamento do filme.

Mais de 55 anos daquele evento, é de se perguntar: por que *Viagem à Itália* e não *Europa '51*? Ambos dotados de conteúdo e forma moderníssimos, *Viagem à Itália* surpreendeu os jovens críticos franceses provavelmente porque não era um filme ideológico, mas um filme de pesquisa formal. Uma narrativa não linear, a tentativa de descrever a crise de um casal por meio da soma de fragmentos de diálogo e de eventos que se verificam durante uma viagem ao sul da Itália.

A cena que mais impressionou os jovens críticos foi aquela de Ingrid Bergman e George Sanders assistindo, em Pompeia, à descoberta de um casal de amantes que havia permanecido abraçado sob a lava por 2 mil anos. Eles, um casal em crise que se fere verbalmente, diante de um abraço mudo que dura por milênios. O filme é uma meditação sobre como se é criminoso ao prejudicar o amor conjugal com egoísmos e superficialidades, sobre como o amor é frágil como um bebê que é cuidado com delicadeza. Em *Viagem à Itália*, sente-se mais simpatia pelo personagem feminino e prova-se mais distância e crítica em relação ao personagem masculino: estou certo de que nos filmes realizados pelo meu pai com Ingrid, ela não tenha sido apenas atriz, mas também autora dos personagens que de vez em quando interpretava.

Duração: 82'/76'/85'/84'/81'; *Argumento e roteiro*: Roberto Rossellini, Vitaliano Brancati (Antonio Pietrangeli); *Assistentes de direção*: Marcello Caracciolo Di Laurino, Vladimiro Cecchi; *Fotografia*: Enzo Serafin; *Edição*: Jolanda Benvenuti; *Música*: Renzo Rossellini; *Produção*: Roberto Rossellini para a Sveva Film, Junior Film (Adolfo Fossataro), Italia Film (Alfredo Guarini), S. G. C. – Les Films Ariane-Francinex (Paris); *Elenco*: Ingrid Bergman, George Sanders, Marie Mauban, Anna Proclemer, Tony La Penna, Natalia Ray-La Penna.

Amori di mezzo secolo, episodio Napoli 1943[16] (1954)

Como já disse, entre um filme e outro, Roberto Rossellini participava da realização de películas coletivas. Depois do episódio "Ingrid Bergman" do filme *Siamo donne*, para o qual Luchino Visconti contribui com o seu "Anna Magnani", meu pai rodou esse "Napoli 1943" de *Amori di mezzo secolo*. Por quê? Creio que foi simplesmente porque quisesse voltar a Nápoles, cidade que adorava, depois de ter passado muito tempo ali ao rodar *Viagem à Itália* e *Dov'è la libertà...?*.

> *Duração*: 14'; *Argumento e roteiro*: Roberto Rossellini; *Assistente de direção*: Marcello Caracciolo Di Laurino; *Fotografia*: Tonino Delli Colli; *Edição*: Rolando Benedetti, Dolores Tamburini; *Música*: Carlo Rustichelli; *Produção*: Carlo Infascelli para Excelsa-Roma Film; *Elenco*: Antonella Lualdi, Franco Pastorino, Ugo D'Alessio.

---

[16] Literalmente, "Amores de meio século". (N. T.)

Giovanna d'Arco al rogo[17] (1954)

Este é um filme não filme. São tomadas cinematográficas de um oratório teatral com elementos jamais vistos e que não serão mais vistos nos filmes de Rossellini: coros, pantomimas, presença do divino. É verdade que meu pai havia dirigido óperas líricas, mas estou certo de que a ideia de representar essa Joana d'Arc foi de Ingrid, a qual, provavelmente, tinha ouvido falar da existência desse oratório de Claudel musicado por Honegger em 1948, quando filmou em Hollywood a sua *Joana*, sob a direção de Victor Fleming.

É preciso ter sempre presente que Ingrid não era uma boneca como se imagina que sejam as atrizes de Hollywood. Ingrid empenhou-se em todos os filmes realizados com Rossellini. Meu pai não teria se apaixonado por uma estúpida, não teria feito com ela três filhos e cinco filmes. De toda forma, além de uma experiência estética teatral, para Rossellini uma retomada cinematográfica desse espetáculo também foi uma experiência técnica. Pela primeira vez em sua carreira teve que enfrentar efeitos de luz e efeitos especiais que jamais tinha usado. Neste filme também há pequenos sinais a serem decifrados: realmente, ele começa com a mesma imagem com a qual termina a *Joana d'Arc* de Victor Fleming.

Duração: 80'/73'; *Adaptação*: Roberto Rossellini e Ingrid Bergman do oratório de *Jeanne d'Arc au bûcher* de Paul Claudel; *Assistente de direção*: Marcello Caracciolo Di Laurino; *Fotografia*: Gabor Fogarty; *Edição*: Jolanda Benvenuti, Robert Audenet; *Música*: Arthur Honegger; *Produção*: Giorgio Criscuolo, Franco Francese para Produzioni Cinematografiche Associate-Franco London Film; *Elenco*: Ingrid Bergman, Tullio Carminati, Giacinto Prandelli, Marcella Pobbe, Augusto Roma, Agnese Dubbini, Gerardo Gaudisio.

---

[17] Literalmente, "Joana d'Arc na fogueira". (N. T.)

La Paura (1954)

Depois de *Stromboli*, *Europa '51*, *Viagem à Itália* e *Giovanna d'Arco al rogo*, *La Paura* [*O medo*] é o último filme de meu pai com Ingrid Bergman.

Depois deste filme, Ingrid recomeça a avaliar ofertas que lhe chegam de Hollywood, e meu pai parte para a Índia em busca de novas experiências profissionais e artísticas. Neste filme, extraído do conto *"Die Angst"* ["O medo"], de Stefan Zweig, narra-se a reconciliação de um casal em crise, assim como em *Viagem à Itália*. Aqui, o motivo da crise conjugal é o ciúme, enquanto em *Viagem à Itália* os motivos são o fim da paixão e o tédio.

Eu frequentemente tentei reorganizar a obra do meu pai de modo enciclopédico, e me pareceu claro que muitos filmes são organizáveis como "enciclopédia da História" e muitos outros como "enciclopédia dos sentimentos humanos". Nesta última, *O medo* não viria sob o verbete "Medo", mas, antes, em "Ciúme ou Engano". Neste filme, Ingrid interpretou seu papel em alemão, língua que conhecia de modo quase perfeito. Obviamente não se trata de um filme autobiográfico, mesmo que acredite ser impossível aos artistas não transferir os próprios sentimentos às suas obras.

Duração: 79'/82'/91'/81'/83'; *Roteiro*: Sergio Amidei, Franz Graf Treuberg, Roberto Rossellini; *Argumento*: da narrativa homônima de Stefan Zweig; *Assistentes de direção*: Franz Graf Treuberg, Pietro Servedio; *Fotografia*: Carlo Carlini, Heinz Schnackertz; *Edição*: Walter Boos, Jolanda Benvenuti; *Música*: Renzo Rossellini; *Produção*: Roberto Rossellini para Ariston Film, Munique-Aniene Film, Roma; *Elenco*: Ingrid Bergman, Mathias Wieman, Renae Mannhardt, Kurt Kreuger, Elise Aulinger, Elisabeth Wischert.

India Matri Buhmi[18] (1959)

Um filme em quatro episódios que, ao descrever a Índia, fala simbolicamente do Ocidente e de suas contradições: é um filme sobre a Índia que fala das contradições globais do mundo moderno.

No primeiro episódio, o do tigre, fala-se do perigo dos interesses econômicos e industriais que não respeitam a natureza e de como uma natureza violentada e não respeitada poderia revoltar-se contra a humanidade. No episódio da barragem de Hirakud, analisa-se a relação entre o homem e o trabalho, e aí se questiona a alienação que deriva da própria precariedade do trabalho. O terceiro episódio, o do elefante, é um episódio sobre o amor, sobre o amor do homem pelo trabalho, mas também o amor entre homem e mulher, e sobre os condicionamentos da sociedade. No episódio *La scimmia*[19], por fim, o macaco representa a metáfora do homem adestrado para trair sua natureza original. O homem soldado, por exemplo, que, uma vez habituado a matar, não saberá mais fazer outra coisa.

O último livro/ensaio escrito por Roberto Rossellini, em francês, é *Un homme libre ne doit rien apprendre en esclave* [Um homem livre não deve aprender nada na escravidão].

Duração: 91'/93'/95'/87'; *Roteiro*: Roberto Rossellini, Sonali Sen Roy Das Gupta, Fereydoun Hoveyda; *Assistentes de direção*: Jean Herman, M. V. Kxishnaswamy Habib (Índia), Giovanni (Tinto) Brass (Roma, pós-produção); *Fotografia*: Aldo Tonti; *Edição*: Cesare Cavagna; *Música*: Philippe Arthuys, Alain Danielou; *Produção*: Roberto Rossellini para Aniene Film, Roma Union Générale Cinématografique (Paris); *Elenco*: atores amadores.

---

[18] Índia, Grande Mãe. (N. T.)
[19] O macaco. (N. T.)

L'India vista da Rossellini[20]
(J'ai fait un beau voyage) (1959)

Tendo voltado da Índia para Paris, depois das filmagens de *India Matri Buhmi*, meu pai, para poder encontrar dinheiro para a pós-produção do filme, montou anotações de viagem rodadas em 16 mm durante os deslocamentos para as filmagens. Disso resultou uma série de documentários que foram postos no ar com ele em estúdio e um entrevistador, primeiramente na TV francesa (ORTF), com o título *J'ai fait un beau voyage*, e depois com o título *L'India vista da Rossellini*, na única rede Rai. Esse evento mudou a vida de Rossellini. De fato, foi assim que ele descobriu o imenso poder da televisão: havia realizado filmes com atores famosíssimos e populares (Anna Magnani, Ingrid Bergman, Aldo Fabrizi, George Sanders), filmes que haviam tido poucos milhares de espectadores. Com a transmissão televisiva desses documentários, sem atores, descobriu que tivera milhões de espectadores. Daquele momento em diante, começou a pensar em como usar a TV de uma maneira mais eficaz.

> *Duração*: 251'; *Fotografia*: Aldo Tonti; *Edição*: Cesare Cavagna; *Música*: originais indianas; *Elenco*: Roberto Rossellini, Marco Cesarini Sforza.

---
[20] Literalmente, "A Índia vista por Rossellini". (N. T.)

Il generale della Rovere (1959)

Meu pai havia voltado da Índia, onde tinha rodado um filme em episódios, *India Matri Buhmi*, e um documentário de anotações de viagem em 16 mm. Para poder terminar a pós-produção do filme, vendeu o documentário à televisão francesa, que o colocou no ar com o título *J'ai fait un beau voyage*[21]. *India Matri Buhmi* foi apresentado no Festival de Cannes de 1958, onde obteve um bom sucesso de crítica. Foi provavelmente esse sucesso que instigou um produtor greco-italiano, Moris Ergas, a propor ao meu pai a realização de um filme extraído da narrativa do jornalista italiano Indro Montanelli de título *La vera storia del Generale della Rovere*[22] [A verdadeira história do general Della Rovere], um caso ambientado durante a Segunda Guerra Mundial. Meu pai, depois dos filmes com Ingrid Bergman e da experiência indiana, sentia-se muito distante de sua fase neorrealista e, de início, foi resistente à proposta. Estávamos no fim de maio e o produtor queria que o filme estivesse pronto no final de agosto, a tempo de ser apresentado no Festival de Veneza. Era preciso escrever o roteiro, realizar a pré-produção, as filmagens e a pós-produção, e tudo em menos de oitenta dias. Um desafio estimulante demais para ser recusado por meu pai, que o aceitou sob a condição de ter como roteirista o seu velho colaborador Sergio Amidei (*Roma, cidade aberta*; *Paisà*; *Alemanha, ano zero*), a mim como assistente de direção e diretor de uma segunda unidade e Vittorio De Sica como protagonista.

O filme foi para a mostra de cinema de Veneza, onde venceu o Leão de Ouro *ex aequo*, juntamente com *La grande guerra* [A grande guerra], de Mario Monicelli.

---

[21] Literalmente, "Eu fiz uma boa viagem". (N. T.)
[22] No Brasil, De crápula a herói. (N. T.)

Duração: 131'/132'/137'/139'; *Roteiro*: Sergio Amidei, Diego Fabbri, Indro Montanelli (Piero Zuffi, Roberto Rossellini); *Argumento*: do romance homônimo de Indro Montanelli, inspirado em acontecimentos reais; *Assistentes de direção*: Renzo Rossellini Jr., Philippe Arthuys, Giovanni (Tinto) Brass; *Fotografia*: Carlo Carlini; *Edição*: Cesare Cavagna; *Música*: Renzo Rossellini; *Produção*: Moris Ergas, para Zebra Film, Roma-Société Nouvelle des Etablissements Gaumont, Paris; *Elenco*: Vittorio De Sica, Hannes Messemer, Sandra Milo, Giovanna Ralli, Anne Vernon, Vittorio Caprioli, Lucia Modugno, Giuseppe Rossetti.

Era notte a Roma (1960)

Depois do sucesso de *De crápula a herói*, meu pai recebeu novamente a proposta de realizar um filme sobre a Segunda Guerra Mundial. Quando Sergio Amidei (seu velho amigo e roteirista dos tempos de *Roma, cidade aberta*) lhe propôs o tema de *Era notte a Roma* [*Era noite em Roma*], filme cheio de dificuldades, porque todos os protagonistas falam línguas diferentes, aceitou o desafio e se dedicou ao filme com um entusiasmo que eu não via nele havia muitos anos. Salpicou o filme de significados e temas que nunca tinha conseguido tratar em obras precedentes. A crítica considerou *Era noite em Roma* um filme menor de Rossellini. Creio que isso, como outros filmes seus "menores", tenha sido para ele uma experiência fundamental para que se desenvolvesse, experimentasse, crescesse.

Um observador atento vai perceber que tanto em *Era noite em Roma* quanto em *De crápula a herói* o personagem do comandante da SS é interpretado pelo mesmo ator, Hannes Messemer. No final de *Era noite em Roma*, o comandante cumprimenta seus amigos romanos dizendo que precisa "partir para o norte da Itália", enquanto no início de *De crápula a herói* o mesmo personagem, ao encontrar aquele interpretado por Vittorio De Sica, diz: "Acabei de chegar do sul da Itália".

Tenho certeza de que meu pai concebeu essas cenas pensando em uma futura organização de sua obra. De fato, as duas frases ditas pelo comandante alemão são como dois parênteses que podem conter muitos dos seus filmes. Outras películas também contêm indicações desse tipo, que são como mensagens contidas em uma garrafa e lançadas ao mar do tempo para serem decifradas por estudiosos e espectadores muito atentos.

Duração: 157'/114'/142'; *Roteiro*: Sergio Amidei, Roberto Rossellini, Diego Fabbri, Brunello Rondi; *Argumento*: Sergio Amidei; *Assistentes de direção*: Renzo Rossellini Jr., Franco Rossellini; *Fotografia*: Carlo Carlini; *Edição*: Roberto Cinquini; *Música*: Renzo Rossellini; *Produção*: Giovan Battista Romanengo para a International Golden Star, (Gênova)-Film Dismage (Paris); *Elenco*: Leo Genn, Giovanna Ralli, Sergei Bonclartchouk, Peter Baldwin, Renato Salvatori, Enrico Maria Salerno, Sergio Fantoni, Paolo Stoppa, Laura Betti.

Pulcinella[23] (1961)

É um projeto de filme sobre o Seiscentos napolitano, sobre a revolução de Masaniello. Mas também é a história da longa viagem de uma carroça de comediantes napolitanos pela Itália e pela França, de Nápoles até Paris, à corte de Luís XIV.

Acredito que se Rossellini realizou *O Absolutismo – A ascensão de Luís XIV* é porque descobriu aquela época e o Rei Sol ao escrever *Pulcinella*. Eu lembro do meu pai empenhado na escrita deste roteiro com vários especialistas em século XVII, a escritora Dominique Aubier, primeiramente, e Jean Gruault, o roteirista de François Truffaut, depois. Eu o vi fazer as primeiras experiências com os truques feitos com espelhos que ele vai usar em muitos dos seus filmes para reconstruir a piazza del Popolo do Seiscentos, com as ovelhas pastando e a carroça do Pulcinella que a atravessa. Roberto Rossellini se apaixonava por poucos dos muitos projetos de filmes que escrevia e, entre eles, estou certo, estava *Pulcinella*.

---

[23] Ou seja, Polichinelo, personagem da Commedia dell'arte. (N. T.)

Viva l'Italia![24] (1961)

Este filme inaugura os filmes de Roberto Rossellini de reflexão sobre a história. Ele precede os filmes históricos para a televisão e ainda é o penúltimo para o cinema. Em *Viva l'Italia!* também se reconhece o estilo rosselliniano de busca da verdade. Este filme, ao recordar a ação de Giuseppe Garibaldi contra o reino burbônico das Duas Sicílias, devia comemorar o Centenário da Unificação Italiana, ocorrido em 1960. A propósito de Garibaldi, um personagem que se estuda nas escolas primárias italianas, acumulou-se muita retórica; retórica que sepultou a verdade sobre o personagem Garibaldi e sobre sua ação militar. Neste filme, meu pai tentou fazer com que Garibaldi emergisse da retórica. Todos os heróis são encobertos de retórica, e a Rossellini não interessava o herói Garibaldi, mas o homem Garibaldi, um homem consciente da sua função frente à história. "Todos nós podemos ser heróis se exercermos o nosso dever contra a tirania e a estupidez, se ajudarmos outros homens a rebelar-se. É o momento em que rebelar-se é bonito, em que é justo rebelar-se." Para meu pai, a rebelião era um valor fundamental do comportamento humano, um componente da inteligência.

> *Duração*: 129'; *Roteiro*: Sergio Amidei, Antonio Petrucci, Diego Fabbri, Antonello Trombadori, Roberto Rossellini; *Argumento*: Sergio Amidei, Antonio Petrucci, Carlo Alianello, Luigi Chiarini; *Assistentes de direção*: Renzo Rossellini Jr., Ruggero Deodato, Franco Rossellini; *Fotografia*: Luciano Trasatti; *Edição*: Roberto Urbini; *Música*: Renzo Rossellini; *Produção*: Tempo Film (Arturo Toffanelli)-Galaea (Lionello Santi)-Francinex; *Elenco*: Renzo Ricci, Paolo Stoppa, Franco Interlenghi, Giovanna Ralli, Raimondo Croce, Leonardo Botta, Giovanni Petrucci, Attilio Dottesio.

---
[24] Literalmente, "Viva a Itália!". (N. T.)

Vanina Vanini (1961)

Eu já falei sobre o parentesco entre meu pai e Luchino Visconti. Para os estudiosos do cinema existe ainda um parentesco estilístico entre os filmes deles: *O leopardo* e *Viva l'Italia!*, *A terra treme*, *Stromboli* e, por último, *Senso*[25] (*Sedução da carne*) e *Vanina Vanini*. São dois autores com formas estilísticas peculiares que seguramente assistiam ao filme um do outro. Em um filme em episódios, *Siamo donne* [somos mulheres], cada um deles dirigiu um episódio: Rossellini dirigiu aquele sobre Ingrid Bergman, Visconti aquele sobre Anna Magnani. Entre os dois não havia competição artística porque ambos possuíam uma sólida certeza de serem estilisticamente diferentes. A crítica italiana dividiu-se entre viscontinianos e rossellinianos. E os viscontinianos odiaram *Vanina Vanini* porque o filme narra o período dos movimentos de oposição à monarquia absolutista vaticana do papa-rei de modo rosselliniano demais, enxuto demais, sem concessões a estetismos.

Muito antes do meu pai, já haviam competido com a literatura de Stendhal (*Le Rouge et le Noir* [*O vermelho e o negro*], *La Chartreuse de Parme* [*A cartuxa de Parma*]). Meu pai escolheu uma obra menos conhecida (*Chroniques italiennes* [*Crônicas italianas*]), da qual tirou a narrativa de *Vanina Vanini*, sem considerar ou refletir sobre o fato de que o final era parecido com o final de *Senso*, de Luchino Visconti. Mas o verdadeiro problema deste filme é que ninguém jamais poderá ver o *director's cut*. De fato, a atriz Sandra Milo, na época noiva do produtor Moris Ergas, fez com que ele o reeditasse, cortando pesadamente o papel interpretado por Martine Carol, de modo que ela ficou sendo quase a única mulher na película, filmou primeiros planos de si mesma e

---

[25] Literalmente, "Sentimento", "Sentido". (N. T.)

os inseriu, desarranjando radicalmente a coerência narrativa e o ritmo. Essa adulteração fez com que meu pai quase não reconhecesse o filme e gerou uma briga judicial. Mas o que é pior, fez desaparecer o *director's cut* de *Vanina Vanini*. Disseram que a versão do meu pai foi queimada.

> *Duração*: 125'; *Roteiro*: Jean Gruault, Monique Lange, Diego Fabbri, Roberto Rossellini; *Argumento*: extraído do conto homônimo de *Chroniques italiennes*, de Stendhal; *Assistentes de direção*: Franco Rossellini, Renzo Rossellini Jr., Philippe Arthuys; *Fotografia*: Luciano Trasatti; *Edição*: Daniele Alabiso; *Música*: Renzo Rossellini; *Produção*: Moris Ergas para Zebra Film (Roma)-Orsay Films (Paris); *Elenco*: Sandra Milo, Laurent Terzieff, Paolo Stoppa, Martine Carol, Isabelle Corey, Nerio Bernardi, Fernando Cicero.

Torino nei Cent'anni (1961)*
Torino tra due secoli (1961)[26] **

Depois do fracasso de *Vanina Vanini*, meu pai teve muitas dificuldades para encontrar produtores dispostos a ajudá-lo a realizar seus projetos, que já se voltavam para a sua Enciclopédia Audiovisual da História. Ele recebia uns "nãos" estranhos, enquanto os "nãos" simples eram: "Por que, em vez disso, você não faz documentários sobre Turim, capital da Itália na época do centenário da unificação?". É difícil dizer não quando se está desempregado! Sobretudo se, como no caso de *Torino nei Cent'anni*, se tratava de ajudar um amigo como Valentino Orsini, que, depois de ter estreado no cinema junto com os irmãos Taviani, queria se tornar autônomo. O roteiro seria escrito com Carlo Casalegno, que Rossellini estimava muito (Casalegno vai ser morto depois, em 1977, pelas Brigadas Vermelhas). Na verdade, meu pai participou parcialmente das filmagens, e os dois documentários foram realizados por Valentino Orsini.

*Duração: 46'; *Roteiro e argumento*: Valentino Orsini; *Consultoria histórica*: Carlo Casalegno, Enrico Gianieri; *Fotografia*: Leopoldo Piccinelli, Mario Vulpiani, Mario Volpi; *Edição*: Vasco Micucci; *Música*: Renzo Rossellini; *Produção*: PROA (Produttori Associati) para a Rai TV.
**Duração: 11'42"; *Roteiro*: Valentino Orsini; *Fotografia*: Leopoldo Piccinelli; *Produção*: PROA (Produttori Associati) para a Rai TV.

---

[26] Respectivamente, "Turim nos Cem anos" e "Turim entre dois séculos". (N. T.)

Anima nera[27] (1962)

É o último longa-metragem realizado para o cinema por Roberto Rossellini. O filme foi rodado em 1962, quando já estava em preparação *L'Età del ferro*. Na realidade, não participei de *Anima nera* como assistente de direção porque estava completamente absorvido pela preparação de *L'Età del ferro*, do qual eu seria também o diretor. Meu pai, assim que conseguia deixar o set de *Anima nera*, me acompanhava nas buscas por locações da nossa série para a TV, que o fascinava muito mais que a realização de uma comédia teatral de Giuseppe Patroni Griffi como *Anima nera*, interpretada por Vittorio Gassman, com quem não andava concordando. Muitos se perguntaram por que Rossellini havia aceitado dirigir um filme tematicamente tão distante dos seus interesses. A respeito disso, tenho várias respostas: a primeira é a de que ele não sabia dizer não quando lhe pediam algo gentilmente, sem arrogância e prepotência.

O produtor do filme, Gianni Hecht Lucari, era um homem de um imenso encanto pessoal, cultíssimo e muito inteligente, e tenho certeza de que o meu pai aceitou dirigir o filme para fazer um favor a Gianni Hecht, a quem muito estimava.

> *Duração*: 97'; *Roteiro*: Roberto Rossellini, Alfio Valdarnini; *Argumento*: do homônimo texto teatral de Giuseppe Patroni Griffi; *Assistentes de direção*: Franco Rossellini, Ruggero Deodato, Geraldo Giuliani; *Fotografia*: Luciano Trasatti; *Edição*: Daniele Alabiso; *Música*: Piero Piccioni; *Produção*: Gianni Hecht Lucari para a Documento Film (Roma)-Le Louvre Film (Paris); *Elenco*: Vittorio Gassman, Annette Stroyberg, Nadja Tiller, Eleonora Rossi Drago, Yvonne Sanson, Giuliano Cocuzzoli.

---
[27] Literalmente, "Alma negra". (N. T.)

Ro.Go.Pa.G., episodio Illibatezza[28] (1963)

Ro.Go.Pa.G. (*Laviamoci Il cervello*) é o acrônimo derivado de Rossellini, Godard, Pasolini e Gregoretti: cinco diretores que o produtor Alfredo Bini tinha reunido para realizar um filme em episódios. As primeiras reuniões dos cinco foram conduzidas por meu pai, que propôs um filme sobre a psicanálise. Não um filme coletivo, cada um teria que realizar livremente um episódio. Quando as filmagens terminaram, todos foram conquistados pela beleza do episódio de Pasolini, *La Ricotta*, que era mais longo que todos os outros, e, para fazer com que o filme se mantivesse com a duração prevista de cem minutos, decidiram cortar, cada um, alguns minutos de seu próprio episódio para não sacrificar o de Pasolini.

Duração: 33'; *Argumento e Roteiro*: Roberto Rossellini; *Assistente de direção*: Renzo Rossellini Jr.; *Fotografia*: Luciano Trasatti; *Edição*: Daniele Alabiso; *Música*: Carlo Rustichelli; *Produção*: Alfredo Bini para Arco Film (Roma)-Société Lyre Cinématographique (Paris); *Elenco*: Rosanna Schiaffino, Bruce Balaban, Gianrico Tedeschi, Maria Pia Schiaffino, Carlo Zappavigna.

---
[28] No Brasil, *Relações humanas*, episódio "Pureza". (N. T.)

L'Età del ferro (1964)

Provavelmente em 1963, enquanto filmava *L'Illibatezza*, o episódio de *Ro.Go.Pa.G.*, meu pai começou a escrever o projeto televisivo de *L'Età del ferro*. Lembro-me das pesquisas que ele me fez realizar para essa primeira tentativa de verbetes da "Enciclopédia audiovisual de história". Em 1963, do que mais tarde viria a ser a futura Comunidade Europeia, existia apenas a Ceca (Comunidade Europeia do Carvão e do Aço), a Europa era um sonho de utopistas, e Rossellini possuía, entre várias outras, a utopia eurocêntrica. Ele me enviou para uma viagem pelos seis países que compunham a Ceca (França, Alemanha Ocidental, Luxemburgo, Bélgica, Países Baixos e Itália). Quando voltei à Itália depois dessa longa inspeção, comecei a escrever com ele o roteiro a quatro mãos, dividindo entre nós os capítulos. Para ele: os etruscos, Idade Média e Renascimento, incluindo Colombo. Para mim: a Primeira e a Segunda guerras mundiais, o espaço.

As TVs estavam relutantes em financiar o projeto. Houve uma época em que os grandes empreendimentos dos artistas eram subvencionados por príncipes e papas, mas, não havendo mais papas nem príncipes renascentistas à mão, voltamo-nos à companhia de eletricidade Edison, que havia financiado o filme de Ermanno Olmi. Olmi apresentou Rossellini a Edison e então se iniciou a preparação. Meu pai quis que eu dirigisse *L'Età del ferro* sob a sua supervisão. Seu argumento era o de que eu saberia levar adiante o seu projeto enciclopédico audiovisual quando ele estivesse velho demais para poder trabalhar. Enquanto escrevo estas palavras, me dou conta de que sofro há anos de um complexo de culpa por ter traído aquela expectativa do meu pai.

Duração: 266'; *Direção*: Renzo Rossellini Jr.; *Argumento e Roteiro*: Roberto e Renzo Rossellini; *Assistente de direção*: Ruggero Deodato; *Fotografia*: Carlo Carlini; *Edição*: Daniele Alabiso; *Música*: Renzo Rossellini; *Produção*: 22 Dicembre-Istituto Luce, em colaboração com Italsider para a TV Rai; *Elenco*: Roberto Rossellini, Giancarlo Sbragia, Alberto Barberito, Franca Bartolomei, Pasquale Campagnola, Evar Maran, Walter Zappolini.

Caligola (1965)

Este projeto de filme nasceu no início dos anos 1950. Rossellini queria realizar um filme interpretado por Alberto Sordi, de quem era amigo e a quem estimava. A ideia lhe ocorreu ao ler *Vite dei dodici Cesari* [*Vida dos doze Césares*], de Suetônio. Impressionou-lhe a figura de Calígula. Calígula para ele não era um louco, mas um provocador que procurava desacreditar o Império Romano. Um "destruidor", um Cossiga *ante litteram*.

É nesses termos de "destruidor consciente" que o meu pai se colocou neste projeto. Várias vezes o ofereceu, e, por último, até a Woody Allen, que respondeu que aceitaria, com a condição de poder interpretar Calígula com os óculos. Nada foi feito deste projeto. O roteiro foi roubado de meu pai por seu sobrinho, meu primo Franco Rossellini.

Franco foi um grande produtor de filmes *western* italianos, mas também de *Teorema* e *Medeia*, de Pasolini. Franco se apoderou do roteiro e fez dele um filme semipornô, dirigido por Tinto Brass em 1979, mandando Gore Vidal reescrevê-lo. O filme foi lançado com o título *Gore Vidal's Caligula*. Meu pai sempre perdoava a todos, mas morreu sem perdoar Franco e sem perdoar Tinto.

La presa del potere da parte di Luigi XIV (1966)

Meu pai dedicou os últimos anos de sua vida à tentativa de transformar a televisão em um instrumento para libertar os homens da ignorância. Seu projeto era o de começar com uma Enciclopédia da História da Humanidade.

O primeiro projeto foi de verbetes enciclopédicos: *L'Età del ferro*, filme de cinco horas para a televisão, cuja direção me confiou, assim como a das doze horas de *La lotta per la sopravvivenza*[29]. Entre esses dois projetos, quis realizar um verbete monográfico sobre um personagem-chave de uma época histórica e, aproveitando o interesse manifestado por um canal de televisão francês, o ORTF, ofereceu *O Absolutismo – A ascensão de Luís XIV*, extraído de um ensaio de Philippe Erlanger. O canal ORTF aceitou financiar o projeto com a condição de que o orçamento não fosse superior a 20 mil francos da época, cifra hoje equivalente a 400 mil dólares. Para fazer um filme histórico com uma cifra tão modesta, meu pai aceitou rodá-lo em 16 mm e realizou as externas utilizando efeitos especiais de sua invenção. Mas o filme também contava, não se escandalizem, que "em um mundo de filhos da puta, vence quem for mais filho da puta" (citação literal de Roberto Rossellini). Nós, Rossellini, nos orgulhamos de não ter sido vencedores!

Duração: 98'/90'; *Argumento e Roteiro*: Philippe Erlanger, Jean Gruault, Roberto Rossellini; *Assistentes de direção*: Yves Kovacs, Egérie Mavraki; *Direção da segunda unidade*: Renzo Rossellini Jr.; *Fotografia*: Georges Leclerc, Jean-Louis Picavet, Carlo Carlini; *Edição*: Arme Ridel; *Produção*: ORTF; *Elenco*: Jean-Marie Patte, Raymond Jourdan, Giulio Cesare Silvani, Katharina Renn, Dominique Vincent, Pierre Bara, Ferne Fabre.

---
[29] Literalmente, "A luta pela sobrevivência". (N. T.)

La Rivoluzione americana[30] (1966)

No projeto rosselliniano da Enciclopédia da História falta a Revolução Francesa porque Roberto Rossellini não conseguiu realizar um projeto de série televisiva que já havia escrito e preparado, a *Rivoluzione americana*.

De acordo com o meu pai, não teria havido Revolução Francesa se não tivesse havido antes a americana, na qual Lafayette tinha militado e combatido. Trata-se de uma série que começa com a descrição da América nos tempos em que era colônia inglesa, cuja economia era totalmente subordinada à da metrópole e se baseava na escravatura, não obstante o fato de ser proibida na Inglaterra. Depois continua descrevendo a primeira guerra anticolonial e o desenvolvimento dos princípios de "Liberdade, Igualdade e Fraternidade". Depois de capítulos dedicados ao mundo do século XVIII, a série terminava com a redação da Constituição americana, a primeira Constituição moderna.

---

[30] Literalmente, "A revolução americana". (N. T.)

Idea di un'isola[31] (1967)

A partir de uma pesquisa de opinião, a rede americana NBC descobriu ter poucos espectadores entre a minoria ítalo-americana. Decidiram fazer algo para inverter essa tendência. Assim Rossellini se viu propondo à NBC um documentário sobre a Sicília. Na Sicília nós havíamos filmado *Viva l'Italia!*, em 1960, e tínhamos ideias frescas sobre o tema. Rapidamente escrevemos um roteiro, que foi aprovado com muitos cortes pelo diretor da NBC. De fato, o projeto previa reconstituições históricas sobre muitas das dominações sofridas pela Sicília: gregos, mouros, normandos, espanhóis etc. Mas a NBC queria a Sicília moderna, não segmentos da Enciclopédia Audiovisual Rosselliniana. E meu pai teve que se adaptar à vontade do comitente.

Duração: 52'; *Direção*: Renzo Rossellini Jr.; *Assistentes de direção*: Roberto Capanna, Paolo Poeti; *Fotografia*: Mario Fioretti; *Edição*: Maria Rosalba; *Música*: Mario Nascimbene; *Produção*: Roberto Rossellini, para a Orizzonti 2000; *Elenco*: Corrado Gaipa.

---

[31] Literalmente, "Ideia de uma ilha". (N. T.)

Gli Atti degli Apostoli[32] (1969)

Este não é um filme único, mas uma narrativa em cinco episódios para a TV que fala do desenvolvimento do cristianismo nas colônias judaicas do Império Romano. Como frequentemente acontece com os filmes de Roberto Rossellini, há vários níveis de leitura: um primeiro, evidente, e um segundo, escondido nas dobras da narrativa. Em todos os filmes do meu pai há tanto aquilo que os filmes dizem quanto aquilo que querem dizer. Nesse caso, a narrativa é aquela do desenvolvimento e da difusão do cristianismo no mundo antigo. Assim como fará em seu último filme, também neste o Messias nunca mostra milagres ou prodígios. Da religião, ele retira o aspecto ético, moral e profundamente humano, a tentativa de dar respostas aos antigos "porquês" sobre os mistérios da vida e da morte que a inteligência humana coloca. Como em todos os seus filmes sobre a espiritualidade, meu pai faz os protagonistas falarem. Ele mesmo não fala, não exprime as suas convicções, mas faz com que os protagonistas as exprimam livremente, e também as suas dúvidas e suas convicções morais e religiosas. Roberto Rossellini respeitava todas as religiões, mas não era um homem de fé. Tinha uma fé laica na inteligência, na capacidade humana de amar, assim como desprezava o egoísmo e a avidez.

Duração: 340'; *Roteiro*: Jean-Dominique de La Rochefoucauld, Luciano Scaffa, Vittorio Bonicelli, Roberto Rossellini; *Assistentes de direção*: Malo Maurizio Brass, Roberto Capanna, Hedi Besbes, Abeljalil El Balu, Mohamed Naceur al Ktari; *Fotografia*: Mario Fioretti; *Edição*: Jolanda Benvenuti; *Música*: Mario Nascimbene; *Produção*: Roberto Rossellini, para a Orizzonti 2000-Rai-ORTF-TVE Madrid-Studio Hamburg, em colaboração com Les Films Carthage (Túnis); *Elenco*: Edoardo Torricella, Jacques Dumur, Bepy Mannajuolo, Renzo Rossi, Mohamed Kouka, Bradai Ridha, Missoume Ridha.

---

[32] Literalmente, "Os Atos dos Apóstolos". (N. T.)

La lotta dell'uomo per la sua sopravvivenza (1970)

Provavelmente, já durante as tomadas de *Era noite em Roma*, Sergio Amidei, que era roteirista desse filme, contou ao meu pai sobre um ensaio do antropólogo brasileiro Josué de Castro, *Geografia della fame* [*Geografia da fome*]. Terminado o filme, Rossellini foi tomado por um frenesi parecido com o de um apaixonado e partiu para o Brasil, com Amidei, para encontrar Josué de Castro em Recife e na Bahia. Na Bahia encontrou também Jorge Amado, de quem havia lido o romance *O cavaleiro da esperança* [*Il cammino della speranza*]. Foi uma viagem cheia de encontros entusiasmantes para ele. Quando voltou a Roma, conversou muito comigo sobre o encontro com Josué de Castro, Jorge Amado, Glauber Rocha e outros jovens cineastas brasileiros. Depois começou a escrever um longo roteiro para uma série de TV intitulada *La Storia dell'alimentazione*[33]: eu me pus ao trabalho, e nós escrevemos a quatro mãos a história do homem desde o seu aparecimento no planeta até os tempos modernos. Enquanto ele se concentrou sobre a agricultura e a alimentação, tratei de outros aspectos, como os alquimistas, os metais, as armas, Galileu, as viagens, a descoberta da América. Para poder integrar o meu trabalho, meu pai mudou o título do projeto de *Storia dell'alimentazione* para *La lotta dell'uomo per la sua sopravvivenza*.

Depois de ter pedido que eu cuidasse da direção das cinco horas televisivas de *L'Età del ferro*, ele me pediu para dirigir também *La lotta per la sopravvivenza*, que, nesse meio tempo, havia assumido a dimensão de doze episódios para a televisão: um empreendimento gigantesco sob o ponto de vista de produção. Como encontrar patrocinadores? Mas com Roberto Rossellini às vezes aconteciam

---

[33] Literalmente, "A história da alimentação". (N. T.)

"milagres". Em uma viagem entre Nova York e Paris, ele se viu ao lado de um senhor, Jean Ribout, presidente da multinacional de pesquisa petrolífera Schlumberger. Durante a viagem, meu pai pôde explicar nosso projeto *Lotta per la sopravvivenza* a Jean Ribout, que se entusiasmou e decidiu criar uma fundação junto com a IBM e a farmacêutica Upjohn para subvencionar os nossos projetos de filmes educativos. Assim nasceu a "Orizzonti 2000", que financiou as doze horas da *Lotta dell'uomo per la sopravvivenza* e os filmes subsequentes, adquirindo, em contrapartida, os direitos de distribuição dos filmes nos 52 países em desenvolvimento.

Duração: 629'; *Direção*: Renzo Rossellini Jr.; *Argumento e roteiro*: Roberto Rossellini; *Assistentes de direção*: Roberto Capanna, Paolo Poeti, Emiliano Giannino, Ilie Sterian; *Fotografia*: Mario Fioretti; *Edição*: Daniele Alabiso, Gabriele Alessandro, Alfredo Muschietti; *Música*: Mario Nascimbene; *Produção*: Roberto Rossellini, para a Orizzonti 2000, para Rai / Logos Film (Paris) / Studioul Cinematografica (Bucarest, Romênia) / Copro Film (Cairo); *Elenco*: Roberto Rossellini, Pino Locchi, Piero Baldini, Franco Aloisi, Salvatore Billa, Lydia Biondi, Massimo Sarchielli, Consalvo Dell'Arti.

Socrate (1971)

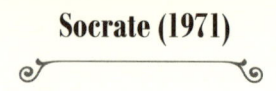

Depois de *O Absolutismo – A ascensão de Luís XIV*, foi a primeira tentativa de enriquecer a Enciclopédia Audiovisual da História com um verbete monográfico: depois dos *Atti degli Apostoli* e dos sucintos verbetes de *L'Età del ferro* e *La lotta per la sopravvivenza*, meu pai começou a trabalhar em muitas monografias. Desenvolveu uma longa lista com referências a várias épocas, mas se concentrou, sobretudo, em Platão e Sócrates, cujo projeto trazia consigo desde 1954, ano em que recebeu do dramaturgo e filósofo francês H.-U. Dorian o seu *Le procès de Socrate*, com dedicatória a Roberto e Ingrid Rossellini (junho de 1954). Ele escolheu, portanto, Sócrates, e nós partimos para inspeções na Grécia, mas não encontramos uma ambientação possível onde rodar o filme. A Atenas coberta de cimento nos horrorizou. Eu preparei o filme encontrando um pequeno povoado na Espanha onde era possível, com poucos retoques de cenografia e uma maquiagem, reconstituir a Atenas dos tempos de Sócrates. Preparei as filmagens, mas não as assisti, porque, nesse meio tempo, Salvador Allende, que eu havia conhecido alguns anos antes, venceu as eleições no Chile e decidi partir para lá a fim de acompanhar esse acontecimento político.

Muitas vezes me perguntam se haveria aspectos autobiográficos nos filmes do meu pai. Respondo que o único filme dele em que se encontram aspectos autobiográficos é *Sócrates*. Autobiográfico em espírito, não em acontecimentos, obviamente! Em outros filmes de Rossellini, encontra-se frequentemente o espírito do período que ele atravessava, como o luto em *Alemanha, ano zero* ou *Europa '51*, e também as representações da relação de crise conjugal, como em *Viagem à Itália* e *O medo*. Em *Sócrates*, encontro um homem perseguido por causa das suas ideias e da coerência com que as defende.

Duração: 120'; *Roteiro*: Roberto Rossellini, Marcella Mariani; *Argumento*: adaptação de Roberto Rossellini e Maria Grazia Bornigia dos *Diálogos* e de outros textos de Platão, Xenofonte, Diógenes e Laércio; *Assistentes de direção*: Juan García Atienza, José Luis Guarner, Dos Oliver; *Fotografia*: Jorge Herrero Martin; *Edição*: Alfredo Muschietti; *Música*: Mario Nascimbene; *Produção*: Roberto e Renzo Rossellini, para a Orizonti 2000-Rai-ORTF-TVE Madri; *Elenco*: Jean Sylvère, Anne Caprile, Ricardo Palacios, Bepy Mannajuolo, Manuel Angel Egea, Julio Morales, Jesus Ferneez, Eduardo Puceiro.

Rice University (1971)

Convidaram meu pai para um ciclo de conferências em Houston, na Rice University. A Rice University de Houston era a universidade da qual saíam os principais cientistas da NASA. Ali estavam analisando as pedras recolhidas na Lua. Ir à Rice University para bisbilhotar era para ele uma oportunidade excitante demais, e ele se mandou para lá assim que concluiu a pós-produção de *Sócrates*. No local, assumiu um grupo teatral estudantil, concedeu entrevistas e mandou filmar suas conferências. Interrompeu as filmagens do documentário para ir ao Chile entrevistar Allende. Quando voltou a Roma, mandou que seu auxiliar de direção, Beppe Cino, montasse o material, porque ele já estava escrevendo, ao mesmo tempo, com a ajuda de Luciano Scaffa, *Blaise Pascal* e o *Agostino d'Ippona* [*Santo Agostinho*].

Duração: 100'; *Direção*: Roberto Rossellini, Beppe Cino; *Argumento*: Roberto Rossellini; *Edição*: Beppe Cino; *Produção*: Roberto Rossellini; *Elenco*: Roberto Rossellini, Jean e Dominique De Menil, Clark Read, Dieter Heyman, Donald Clayton.

Intervista a Salvador Allende[34]
La forza e la ragione[35] (1971)

Terminadas as filmagens de *Sócrates*, meu pai aceitou um convite para a Rice University, em Houston. Eu já havia começado a trabalhar para Salvador Allende no Chile, para ilustrar as dificuldades econômicas herdadas do governo precedente por Allende e a sua Unidad Popular. Eu tinha fretado um avião de jornalistas e intelectuais para levar a passeio pelo Chile a "Operación Verdad" [Operação Verdade]. Tinha levado minha trupe, com Emidio Greco, diretor, e Roberto Girometti, diretor de fotografia, para realizar um longa-metragem que documentasse essa "Operación Verdad".

Nada!, comentávamos com Allende, nenhum jornal na Europa falava nada. Eu lhe propus então que concedesse uma entrevista televisiva a meu pai, para romper o muro do silêncio. Allende concordou. Eu telefonei para papai em Houston e ele aceitou, entusiasmado, e se descambou para Santiago do Chile. Apresentei Allende a meu pai, um gostou do outro, e começaram a conversar a fim de preparar a entrevista. Realizaram um primeiro encontro na Moneda (a presidência da República), durante o qual Allende nos apresentou o chefe do estado-maior, Augusto Pinochet. No dia seguinte, deslocamo-nos para a casa de Allende na rua Tomás Moro para fazer algumas tomadas. A entrevista televisiva feita por meu pai a Allende não foi exibida antes de 15 de setembro de 1973, quando o golpe de Pinochet já tinha acontecido e Allende então estava morto.

> *Duração*: 45'/36'; *Direção*: Emidio Greco (Levare Helvio Soto); *Fotografia*: Roberto Girometti; *Produção*: Renzo Rossellini Jr., para a San Diego Cinematografica; *Elenco*: Salvador Allende, Roberto Rossellini.

---
[34] "Entrevista a Salvador Allende". (N. T.)
[35] Literalmente, "A Força e a Razão". (N. T.)

Cile, La Balena[36] (1971)

Foi durante uma de suas muitas viagens ao Chile, entre os anos 1960 e 1970, onde esteve várias vezes por curiosidade antropológica, para falar com Salvador Allende ou para observar as galáxias do observatório de Cerro Tololo, que Roberto Rossellini leu em um jornal, do qual conservou o recorte, que uma baleia tinha "encalhado" perto de uma aldeia pobre de catadores de caranguejo. Desse fato de crônica aparentemente banal, ele tirou a inspiração para um apólogo sobre o capitalismo.

"Em uma aldeia de catadores de caranguejo, uma baleia encalha na praia. A chegada dessa inesperada riqueza causa desavenças na pacífica comunidade. Dividem-se em facções que têm opiniões diferentes sobre o que fazer. Para não continuar a brigar, o ancião da aldeia decide enviar um grupo de jovens para consultar um velho eremita que vive em uma montanha. Os jovens partem para encontrar o eremita. Chegando lá, colocam-lhe a questão: O que fazer com a baleia? O velho dá uma resposta obscura: 'Nem todo trigo vira farinha, mas toda farinha vira pão'. Perplexos, de volta à aldeia, os jovens encontram a baleia em putrefação, e todos são obrigados a tampar o nariz por causa do cheiro nauseabundo. Uma manhã, porém, a maré alta levou embora a carcaça da baleia então descarnada pelas gaivotas. Na cavidade deixada pela baleia sobre a praia, veem-se milhares de caranguejos que engordaram com as carnes do animal. A aldeia apanha os caranguejos e reencontra a harmonia." Dessa história, meu pai teria desejado tirar um filme, cuja realização seria feita sob a sua supervisão por Claudio Bondì, seu aluno no Centro Experimental de Cinematografia.

---

[36] Literalmente, "Chile, a Baleia". (N. T.)

Pascal (1972)

O filme sobre Blaise Pascal, depois de *Luís XIV*, *Sócrates* e *Gli Atti degli Apostoli*, é uma contribuição posterior à construção da Enciclopédia Audiovisual. Esses filmes, os espectadores mais atentos notarão, não são biografias completas, mas representações de alguns fragmentos da vida dos personagens que contribuíram para o crescimento da humanidade, e de cujo pensamento são identificados momentos tópicos. Monografias que poderiam estar contidas na sua longa série televisiva *La lotta dell'uomo per la sopravvivenza*. São filmes em que Roberto Rossellini insere ainda muitas ilustrações da vida cotidiana, sobre como se vivia, como se comia, sobre as superstições de que eram prisioneiros os homens daquele tempo. Uma tentativa de descrever uma época histórica, entendida não apenas como grande história, mas também como história ordinária e cotidiana de um mundo já desaparecido: é preciso "olhar para trás para entender de onde viemos, a fim de aprender para onde ir".

Há uma frase do Talmude judaico que acredito ter inspirado meu pai: "Quando você não sabe para onde ir, observe de onde vem...".

Duração: 131'; *Roteiro*: Roberto Rossellini, Marcella Mariani, Luciano Scaffa, Jean-Dominique de La Rochefoucauld; *Argumento*: Jean-Dominique de La Rochefoucauld; *Assistentes de direção*: Gabriele Polverosi, Andrea Ferendeles; *Fotografia*: Mario Fioretti; *Edição*: Jolanda Benvenuti; *Música*: Mario Nascimbene; *Produção*: Roberto Rossellini, para a Orizzonti 2000, para a Rai-ORTF; *Elenco*: Pierre Arditi, Rita Perzano, Giuseppe Addobbati, Christian De Sica, Livio Galassi, Bruno Cattaneo, Bepy Mannajuolo.

Agostino d'Ippona (1972)

Meu pai havia preparado uma longa lista de filmes monográficos para realizar. Depois de *Gli Atti degli Apostoli* (1969), estavam no programa Santo Agostinho, suas meditações, sua *Città di Dio* [Cidade de Deus]. Mas muitos acontecimentos tinham-no dissuadido deste projeto: a viagem ao Chile para a entrevista com Salvador Allende, seus seminários na Rice University de Houston, a realização de *Blaise Pascal* (início de 1972). Ele já tinha se lançado em direção ao Renascimento com *L'Età di Cosimo de' Medici*, mas, apesar de tudo, Rossellini era muito disciplinado: transferiu os Medicis para 1973 e filmou *Santo Agostinho* inteiramente na Itália, ainda que tivesse preferido ambientá-lo no norte da África, onde Agostinho nasceu e pregou, em Annaba (Hipona, na Argélia). Teve que se contentar em conferir a interpretação de Agostinho a um ator argelino, Dary Berkany.

Provavelmente, o que impressionava Rossellini em Santo Agostinho era a centralidade do homem em suas reflexões: esse "pai da Igreja" seria um humanista *ante litteram*?

Duração: 117'/121'; *Roteiro*: Roberto Rossellini, Luciano Scaffa, Marcella Mariani; *Argumento*: Jean-Dominique de La Rochefoucauld; *Assistentes de direção*: Andrea Ferendeles, Claudio Bondì, Claudio Amati; *Fotografia*: Mario Fioretti; *Edição*: Jolanda Benvenuti; *Música*: Manuel De Sica; *Produção*: Roberto Rossellini, para a Orizzonti 2000, para a Rai; *Elenco*: Dary Berkany, Virginio Gazzolo, Cesare Barbetti, Bruno Cattaneo, Leonardo Fioravanti.

L'Età di Cosimo de' Medici (1973)

Para descrever o Renascimento, Rossellini escolhe dois personagens: Cosimo de' Medici para o desenvolvimento da economia moderna e Leon Battista Alberti para as artes e as ciências. Creio que, se meu pai não tivesse morrido cedo demais, teria realizado outros filmes históricos para a televisão, para ilustrar a árdua saída da humanidade da Idade Média, a contribuição das outras culturas do Mediterrâneo que permitiu à velha Europa alimentar-se de noções fundamentais, como a matemática, a astronomia e a geografia, sem as quais não teria havido o Renascimento. Em seu último projeto, *La Storia dell'Islam*[37], Rossellini descrevia as Cruzadas e a descoberta, no Oriente Médio, das culturas judaica e muçulmana, a redescoberta nas bibliotecas orientais dos clássicos e da filosofia grega, e ainda do antigo Egito. Mas descrevia também a monstruosidade das Cruzadas, da Inquisição e de todos os integralismos que colocam em discussão o direito do homem ao livre-arbítrio. Ainda na época em que se ambienta *L'Età di Cosimo de' Medici* há pregadores loucos (Girolamo Savonarola), os integralismos e a estupidez que acompanha a humanidade em seu crescimento e a detém na busca de uma perfeição talvez impossível, para a qual são mais úteis as indagações que as afirmações. Meu pai raramente afirmava com certeza: o seu método era "mostrar, não demonstrar".

> *Duração*: 254'/246'; *Roteiro*: Roberto Rossellini, Luciano Scaffa, Marcella Mariani; *Assistentes de direção*: Beppe Cino, Claudio Amati; *Fotografia*: Mario Montuori; *Edição*: Jolanda Benvenuti; *Música*: Manuel De Sica; *Produção*: Roberto Rossellini, para a Orizzonti 2000, para a Rai; *Elenco*: Marcello Di Falco, Virginio Gazzolo, Tom Felleghi, Mario Erpichini, Adriano Amidei Migliano, John Stacy.

---
[37] Literalmente, "A História do Islã". (N. T.)

Cartesio (1974)

Esta coprodução é a terceira obra de Rossellini dedicada à França do século XVII, tendo ao seu lado, no roteiro, Jean-Dominique de La Rochefoucauld, com o qual tinha começado a colaborar oito anos antes com *O Absolutismo – A ascensão de Luís XIV*. Concentra-se na figura de René Descartes, Renatus Cartesius, matemático e pai da filosofia moderna, pai do "racionalismo". Com *Cartesio*, Rossellini quer dar um grande passo em direção ao fim do Setecentos e aproximar-se primeiro da Revolução Americana e depois da Francesa. O projeto sobre a Revolução Americana foi inteiramente redigido por meu pai, mas pertence ao grupo dos não realizados.

Duração: 154'; *Roteiro*: Jean-Dominique de La Rochefoucauld, Renzo Rossellini Jr., Roberto Rossellini, Luciano Scaffa, Marcella Mariani; *Assistentes de direção*: Beppe Cino, Claudio Amati; *Fotografia*: Mario Montuori; *Edição*: Jolanda Benvenuti; *Música*: Mario Nascimbene; *Produção*: Roberto Rossellini, para a Orizzonti 2000, para a Rai-ORTF; *Elenco*: Ugo Cardea, Anne Pouchie, Claude Berthy, Gabriele Banchero, John Stacy, Charles Borromel.

La Civiltà dei Conquistadores[38] (1974)

Desta série televisiva, resta apenas uma apresentação do projeto de oito páginas, em francês, com o título *La civilization des Conquistadores*, que descreve a conquista e a colonização da parte sul do continente americano pelos espanhóis e portugueses, depois da descoberta da América por Cristóvão Colombo. Encontrei ainda uma versão em inglês com o título *The Civilization of the Conquistadores*, de 89 páginas, com uma cronologia dos eventos em apêndice que prefigura uma série de TV de dez capítulos.

---
[38] Literalmente, "A civilização dos Conquistadores". (N. T.)

Anno uno[39] (1974)

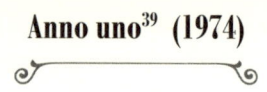

Anno uno é um longa-metragem, mas é também, e sobretudo, um verbete da Enciclopédia Audiovisual da História. Entre as obras de Rossellini, há filmes de meditação sobre a história, entre os quais alguns sobre a história da qual ele tinha sido testemunha direta, como os filmes sobre a Segunda Guerra Mundial ou aqueles mais raros sobre o seu presente. Nessa perspectiva, ele sentia falta de um filme que descrevesse a reconstrução da Itália no pós-guerra imediato, mas também sobre as feridas deixadas na sociedade civil pela guerra. Meu pai não achava graça no fato de que a Itália estivesse dividida entre "Pepponi e Don Camilli"[40] ou nas complexidades de uma sociedade metodicamente banalizada.

Assim nasceu a ideia de um filme sobre o ressurgir da Itália das ruínas da guerra, e Rossellini rodou *Anno uno*. Estava consciente de que estava realizando um filme contracorrente, que descontentaria muitos, mas meu pai não fazia filmes para contentar os outros. Sobretudo achava ridículo, a uma distância de trinta anos, não poder falar de Alcide De Gasperi e de seu papel no pós-guerra italiano.

Duração: 123'; *Argumento*: Roberto Rossellini, Luciano Scaffa, Marcella Mariani; *Assistentes de direção*: Beppe Cino, Carlos de Carvalho, Abdellaif Ben Ammar; *Fotografia*: Mario Montuori; *Edição*: Jolanda Benvenuti; *Música*: Mario Nascimbene; *Produção*: Rusconi Film; *Elenco*: Luigi Vannucchi, Dominique Darel, Valeria Sabel, Rita Perzano, Ennio Balbo, Paolo Bonacelli.

---

[39] No Brasil, Anno uno – O nascimento da democracia italiana. (N. T.)
[40] Personagens literários antagonistas criados pelo jornalista e escritor italiano Giovannino Guareschi em 1948.

La Storia della Scienza[41] (1975)

Esta é a última das séries para a TV projetada e escrita por Roberto Rossellini. Uma história das descobertas científicas, do fogo, da roda, da medicina, até a conquista do espaço. Para a realização de algumas imagens, ele planejou construir um zoom que lhe teria permitido filmar a divisão das células, a formação dos cristais por meio de um microscópio e até as galáxias através de um telescópio eletrônico. Deste projeto, além dos escritos, restaram tomadas de imagens e projetos dos instrumentos técnicos que ele inventou.

---
[41] Literalmente, "A história da ciência". (N. T.)

Il Messia (1976)

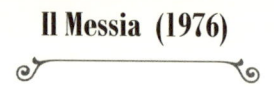

Quando o padre Payton, um sacerdote americano chefe de uma organização religiosa, contatou meu pai para lhe propor a realização de um filme sobre Nossa Senhora, Roberto Rossellini estava ocupado, juntamente com Silvia d'Amico, na escrita do roteiro de *Karl Marx*. Assim, fez uma contraproposta: realizaria um filme sobre Jesus com um papel importante para a figura de Nossa Senhora. A congregação do padre Payton tinha arrecadado um milhão de dólares, uma soma que meu pai jamais tinha tido à sua disposição para realizar um filme. O filme foi rodado na Tunísia nos mesmos lugares que *Atti degli Apostoli*. Quando o filme foi concluído, o padre Payton ficou desconcertado: não havia milagres de Jesus, Nossa Senhora era uma adolescente do começo ao fim, como na *Pietà* de Michelangelo, faltava o vozerão de tenor de Deus falando com o filho. O Padre Payton não quis pagar.

Não era o filme que ele queria. Na Itália, o filme não encontrou um verdadeiro distribuidor e foi exibido apenas na Unione Circoli del Cinema dell'Arci. Por causa disso, com a morte de meu pai em 1977, a nossa sociedade, a "Orizzonti 2000", criada nos tempos da *Lotta dell'uomo per la sua sopravvivenza*, faliu.

Duração: 145'/144'; *Argumento e roteiro*: Roberto Rossellini, Silvia d'Amico, Joshua Sinclair; *Assistentes de direção*: Beppe Cino, Carlos de Carvalho, Abdellaif Ben Ammar; *Fotografia*: Mario Montuori; *Edição*: Jolanda Benvenuti, Laurent Quaglio; *Música*: Mario Nascimbene; *Produção*: Orizzonti 2000-Procinex (Paris); *Elenco*: Pier Maria Rossi, Mita Ungaro, Antonella Fasano, Toni Ucci, Flora Carabella, Tina Aumont.

Karl Marx giovane (Lavorare per l'umanità)[42] (1977)

Lavorare per l'umanità era o título da tese de Karl Marx, e meu pai o escolheu como título para o filme sobre Karl Marx jovem. As filmagens deveriam ter iniciado em 15 de junho de 1977, em Paris, mas Roberto Rossellini morreu no dia 3 de junho de 1977, enquanto estava empenhado em Roma em ajustar a preparação e a coprodução do filme com a Rai. O roteiro foi escrito juntamente com Silvia d'Amico, última companheira do meu pai. Silvia tinha trabalhado com ele em *Anno uno* e *Il Messia*, do qual havia sido produtora.

---

[42] Literalmente, "Karl Marx jovem – Trabalhar para a humanidade". (N. T.)

Concerto per Michelangelo[43] (1977)*
Beaubourg, Centre d'art et culture Georges Pompidou (1977)**

Roberto Rossellini, que em 1936 começou como documentarista, conclui sua carreira em 1977 (ano de sua morte), 41 anos depois, como documentarista.

Na realidade, ele já havia preparado as filmagens de *Karl Marx giovane* (*Lavorare per l'umanità*), filme que deveria ter começado a rodar em 15 de junho de 1977, mas morreu repentinamente no dia 3 de junho. Permaneceram como suas últimas obras dois documentários que mostram a tentativa dos homens de criar monumentos à sua cultura e inteligência. No primeiro deles, *Concerto per Michelangelo*, ele ilustra a capela Sistina acompanhando as imagens com músicas gregorianas, uma experiência que também tentou no início da sua carreira com o *Prélude à l'après midi d'un faune* de Debussy, documentário do qual não se encontram vestígios.

O segundo documentário, *Beaubourg, Centre d'art et culture Georges Pompidou*, gira em torno do famoso museu de arte moderna, mas também sobre como os novos faraós do poder político imaginam a sua pirâmide.

*Duração: 42'/43'; Assistente de direção: Laura Basile; Fotografia: Mario Montuori (película), Giorgio Ojetti (vídeo); Música: monsenhor Domenico Bartolucci; Produção: Rai 2-TG 2, coordenada por Guido Sacerdote; Narrador: Alberto Lori.
**Duração: 56'; Assistentes de direção: Christian Ledieu, Pascal Judelewicz; Fotografia: Nestor Almendros, Jean Chiabaut, Emannuel Machuel; Edição: Colette Le Tallec, Dominique Faysse; Produção: Jacques Greclaude, Création 9 inpermaion.

---
[43] Concerto para Michelangelo. (N. T.)

Índice das Fichas*

Dafne (1936)	71
La Vispa Teresa (1939)	71
Prélude à l'après-midi d'un faune (1937)	72
Il tacchino prepotente (1939)	73
Fantasia sottomarina (1940)	73
La nave bianca (1942)	74
Un pilota ritorna (1942)	75
L'uomo dalla croce (1943)	76
Roma città aperta (1945)	78
Desiderio (1946)	80
Paisà (1946)	81
L'amore (1948)	83
Germania anno zero (1948)	85
Stromboli (1950)	87
Francesco, giullare di Dio (1950)	89
I sette peccati capitali, episodio L'invidia (1952)	91
La Macchina Ammazzacattivi (1952)	92
Europa '51 (1952)	93
Siamo donne, episodio "Ingrid Bergman" (1953)	95
Dov'è la libertà...? (1954)	96

*Os títulos em itálico correspondem aos projetos não realizados.

Viaggio in Italia (1954) 97
Amori di mezzo secolo, episodio Napoli 1943 (1954) 99
Giovanna d'Arco al rogo (1954) 100
La Paura (1954) 101
India Matri Buhmi (1959) 102
L'India vista da Rossellini
(J'ai fait un beau voyage) (1959) 103
Il generale della Rovere (1959) 104
Era notte a Roma (1960) 106
Pulcinella (1961) 108
Viva l'Italia! (1961) 109
Vanina Vanini (1961) 110
Torino nei Cent'anni (1961) 112
Torino tra due secoli (1961) 112
Anima nera (1962) 113
Ro.Go.Pa.G., episodio Illibatezza (1963) 114
L'Età del ferro (1964) 115
Caligola (1965) 117
La presa del potere da parte di Luigi XIV (1966) 118
La Rivoluzione americana (1966) 119
Idea di un'isola (1967) 120
Gli Atti degli Apostoli (1969) 121
La lotta dell'uomo per la sua sopravvivenza (1970) 122
Socrate (1971) 124
Rice University (1971) 126
Intervista a Salvador Allende.
La forza e la ragione (1971) 127

Cile, La Balena (1971) ... 128
Pascal (1972) ... 129
Agostino d'Ippona (1972) ... 130
L'Età di Cosimo de' Medici (1973) ... 131
Cartesio (1974) ... 132
La Civiltà dei Conquistadores (1974) ... 133
Anno uno (1974) ... 134
La storia della Scienza (1975) ... 135
Il Messia (1976) ... 136
Karl Marx Giovane (Lavorare per l'umanità) (1977) ... 137
Concerto per Michelangelo (1977) ... 138
Beaubourg, Centre d'art et de culture
Georges Pompidou (1977) ... 138

1ª **Edição** dezembro de 2011 | **Diagramação** PDV Way
Fonte Minion Pro e Bodoni | **Papel** chamois bulk 90 gr.
Impressão e Acabamento Imprensa da Fé